MOEWIG
ROMAN

Barbara Cartland

Geliebte Lady

MOEWIG

MOEWIG Band Nr. 2319
Moewig Taschenbuchverlag Rastatt

Titel der Originalausgabe: The Cruel Count
Aus dem Englischen von Eva Wagner

Umschlagillustration: Three Lions
Umschlagentwurf und -gestaltung: Franz Wöllzenmüller, München
Verkaufspreis inkl. gesetzl. Mehrwertsteuer
Auslieferung in Österreich:
Pressegroßvertrieb Salzburg, Niederalm 300, A-5081 Anif
Printed in Germany 1985
Druck und Bindung: Elsnerdruck GmbH, Berlin
ISBN 3-8118-2319-1

Vera trat auf den Hafendamm. Die Erde schien sich immer noch unter ihren Füßen zu bewegen. Nach ein paar Schritten blieb sie stehen und sah sich um.

Sie hatte sich Katona schön vorgestellt, wenn auch nicht so atemberaubend, wie es sich jetzt ihren Blicken darbot.

Der kleine Hafen mit den ziegelgedeckten Holzhäusern wirkte ausgesprochen malerisch. Dahinter erstreckten sich Olivenhaine, die von bewaldeten Hügeln abgelöst wurden. Am Horizont ragten die strahlendweißen, schneebedeckten Gipfel einer Bergkette in den blauen Himmel.

So weit das Auge reichte, sah sie Blumen. Sie blühten in den Kästen vor den Fenstern der winzigen Häuser, auf den Abhängen, an den Wegrändern und unter den Olivenbäumen. Die ganze Landschaft wirkte wie ein riesiger Garten.

„Dies ist also meine neue Heimat", flüsterte sie beglückt.

Ihre blauen Augen in dem kleinen, herzförmigen Gesicht strahlten dem Mann in Maatsuniform entgegen, der über den Kai auf sie zukam.

Er salutierte höflich.

„Ich habe zehn Mann angeheuert, die Ihr Gepäck zum Gasthof bringen sollen, Mylady. Erlauben Sie, daß ich Sie begleite?"

„Nein, Mr. Barnes", antwortete Vera. „Ich weiß, daß Ihr Kapitän Schwierigkeiten hat, das Schiff bei dem schweren Seegang ruhig zu halten. Er wird Sie so schnell wie möglich wieder an Bord haben wollen."

„Mylady, ich verstehe das nicht. Jemand hätte zu Ihrem Empfang da sein müssen."

„Vermutlich werde ich im Gasthof erwartet", sagte Vera ruhig. „Schließlich stand weder der genaue Termin noch die genaue Zeit meiner Ankunft fest."

„Das stimmt allerdings, Mylady. Die Leute hier können

sich glücklich schätzen, daß wir überhaupt angekommen sind", erwiderte der Maat lächelnd.

„Manchmal war die Reise wirklich recht aufregend", stellte sie fest. „Trotzdem bin ich sicher angekommen und sehr dankbar dafür. Wollen Sie bitte so freundlich sein und der Mannschaft meinen besten Dank übermitteln?"

„Das will ich gern tun, Mylady. Es war uns eine Ehre und ein Vergnügen, Sie an Bord zu haben."

„Ich danke Ihnen, Mr. Barnes."

Vera streckte die Hand aus. Er schüttelte sie.

„Mylady, ich möchte Ihnen, auch im Namen der Mannschaft, für die Zukunft viel Glück wünschen."

„Ich danke Ihnen, Mr. Barnes."

Er legte die Hand an die Mütze und ging zu dem Boot zurück, das Lady Vera Cressington-Font und ihr Gepäck an Land gebracht hatte.

Es war mit acht britischen Seeleuten bemannt. Vera widerstand dem Impuls, ihnen zuzuwinken. Es erschien ihr doch zu familiär. Statt dessen wandte sie sich um und folgte den Männern, die ihr Gepäck auf dem Rücken trugen. Bestürzt stellte sie fest, daß einige der älteren unter der Last tief gebeugt gingen. Wie konnten die eleganten, teilweise spinnwebendünnen Gewänder, aus denen ihre Ausstattung bestand, so viel wiegen, überlegte Vera verwundert.

Doch dann wandte sie ihre Aufmerksamkeit den Menschen zu, die vor ihren Häusern standen oder im Hafen arbeiteten. Sie wußte, daß bei ihnen ihre Zukunft lag.

Die dunkelhaarigen Männer waren untersetzt und hatten ausgeprägte Gesichtszüge, die Frauen üppig, vollbusig und ausgesprochen attraktiv. Ihre Haut war von der Sonne goldbraun getönt. Sie zeigten lächelnde Gesichter.

Die Kinder mit den strahlenden, neugierigen Augen trugen kleine, rote Kappen mit langen Quasten, ein Teil der Nationaltracht.

Ein herrliches Land mit schönen Menschen, dachte Vera.

Als ihr Vater zum erstenmal von Katona gesprochen hatte, hatte sie ihn erstaunt angesehen.

„Weißt du überhaupt, wo das liegt?" fragte der Herzog von Salfont.

Vera zögerte.

„Im Mittelmeerraum! Wie dumm von mir", rief sie gleich darauf aus. „Natürlich weiß ich es. Es liegt zwischen Albanien und Griechenland und ist unabhängig vom Osmanischen Reich."

„Du hast recht", stimmte der Herzog zu. „Ich freue mich, daß du so gebildet bist."

„Dabei muß ich zugeben, daß ich über das Land nur sehr wenig weiß. Ich glaube allerdings, daß es vom Krieg kaum etwas gespürt hat."

„Das stimmt", erwiderte der Herzog. „Napoleon hat Katona nicht erobert. So ist das Land den Verheerungen entgangen, die über Europa hereingebrochen sind. Es mußte seine männliche Bevölkerung nicht im Krieg opfern."

Die Bitterkeit in seiner Stimme konnte Vera nicht entgehen. Jede Erwähnung des Krieges brachte ihm die quälende Erinnerung an seinen einzigen Sohn zurück, den er bei Waterloo verloren hatte.

Die Träger betraten den Hof einer kleinen Gastwirtschaft. Vera folgte ihnen. Der Wirt verbeugte sich tief vor ihr.

Jetzt kam der Augenblick, da sie zeigen konnte, wie geübt sie in der Landessprache war, die sie so intensiv während ihrer langen Reise studiert hatte.

„Sie haben mich erwartet?" fragte sie höflich

„Ja, Mylady."

„Ist denn niemand zu meinem Empfang erschienen?"

Er schüttelte den Kopf und brach in einen Wortschwall aus, von dem sie kaum etwas mitbekam.

Eines war klar. Es war niemand da.

Vera stand vor einem Rätsel. Auch der Wirt schien ratlos zu sein. Ständig auf sie einredend, führte er Vera durch einen schmalen Gang in einen kleinen Salon.

Von einem Fenster aus blickte man auf den Hafen, vom anderen in einen blühenden Garten. Hier sah Vera auch ihren ersten Orangenbaum, vollbehangen mit goldenen Früchten.

Während sie sich noch im Salon umsah, trat eine große,

untersetzte Frau, offensichtlich die Frau des Wirtes ein. Sie knickste respektvoll und führte Vera nach oben in eine Schlafkammer, damit sie sich umkleiden und waschen konnte. Doch diese legte nur ihren schweren Umhang ab, wusch sich die Hände und ging wieder hinunter in den Salon.

Draußen im Hafen lag der Schoner vor Anker, der sie von England hierhergebracht hatte. Gerade wurde das Beiboot an Bord gehievt. Vera wurde mit einemmal das Herz schwer. Das letzte Glied, das sie noch mit ihrer Heimat verbunden hatte, war zerrissen.

Auf diesem Schiff befanden sich fünfzig Männer, die sie kannten und ihre Sprache sprachen. Jetzt fuhren sie fort und ließen sie in einem fremden Land zurück, in dem man es nicht für nötig hielt, sie gebührend zu empfangen. Vera verstand die Welt nicht mehr.

Seine Exzellenz Janos Sutez, der Premierminister von Katona, hatte ihr die geplante Ankunft in allen Einzelheiten geschildert.

„Sie werden Seine Königliche Hoheit noch nicht im Hafen treffen. Er erwartet Sie erst im Palast von Djilas. Baron Milovan wird Sie begrüßen. Dieser Edelmann besitzt auf halbem Wege zwischen Jeno, wo Sie an Land gehen, und der Hauptstadt Djilas ein herrliches Schloß."

„Und wer wird den Baron begleiten?" fragte Vera. Sie wollte auf alles vorbereitet sein.

Der Premierminister hatte ihre Neugier richtig verstanden. Er zählte die Personen auf, die den ersten Kontakt zu ihrer neuen Heimat herstellen sollten.

„Der Baron kommt zusammen mit seiner Frau und zwei Ehrendamen. Eine große Anzahl von Höflingen, Edelleuten und Männern der Regierung begleiten Sie am nächsten Morgen in die Hauptstadt. Ihr erster Tag soll völlig unzeremoniell verlaufen", fuhr der Minister fort. „Man nimmt an, daß Sie nach der langen Reise müde sind. Deshalb fahren Sie nur bis zum Schloß des Barons, wo Sie die Nacht verbringen. Am folgenden Tag erreichen Sie innerhalb von zwei Stunden Djilas. Dort nehmen Sie Ihr Mittagsmahl in einem Palast am Rande der Stadt ein, der einem Mitglied der Regierung gehört."

Jetzt lächelte er.

„Dort bekommen Sie Gelegenheit, sich in Ihr schönstes Gewand zu hüllen, mit dem Sie das Volk bezaubern können, das zweifellos die Straßen säumt, um Sie hochleben zu lassen."

„Und der Prinz?" fragte Vera.

„Seine Königliche Hoheit erwartet Sie auf den Stufen des Königspalastes. Natürlich ist ihm der genaue Zeitpunkt Ihrer Ankunft bekannt. Sobald die Kutsche eintrifft, kommt er Ihnen auf halbem Wege entgegen." Lächelnd fügte er hinzu: „Wenn ich dort sein könnte, würde mir die Ehre zuteil, Sie vorzustellen. Baron Milovan wird diese Formalität übernehmen."

Vera holte tief Atem. Vor diesem Augenblick hatte sie während der ganzen Reise Angst gehabt.

Ungeduldig ging sie in dem kleinen Salon auf und ab. Was war geschehen? Warum war niemand zu ihrem Empfang erschienen?

Der Premierminister hatte sich unmißverständlich ausgedrückt. Sie sollte in Jeno an Land gehen. Es gab zwar einen größeren Hafen weiter unten an der Küste, aber Jeno lag der Hauptstadt näher.

Im ganzen waren es nicht mehr als fünfzig Stunden. Trotzdem sollte sie ihre Reise im Schloß des Barons unterbrechen.

Vermutlich hat irgend jemand das Datum meiner Reise verwechselt, versuchte sich Vera zu beruhigen. Andererseits wußte sie genau, daß der Minister gesagt hatte, sie würden Jeno zwischen dem 25. Mai und dem 1. Juni erreichen. Heute war der 26. Mai, sie war also keineswegs zu früh angekommen. Wie lange wollte man sie in diesem Gasthof warten lassen? Wie wütend wäre wohl erst der Premierminister geworden, wenn man ihn so nachlässig behandelt hätte?

Gerade trat der Wirt geschäftig in den Salon. Soweit Vera ihn verstehen konnte, fragte er, ob man ihr etwas zu essen bringen solle.

„Danke sehr", sagte sie. „Das würde ich sehr begrüßen."

Es war zwar noch nicht Mittag, trotzdem verspürte sie einen gesunden Appetit.

Vor dem Fenster, das auf den Garten hinausging, deckte man einen Tisch. Ein junges Mädchen mit goldfarbenem Teint und langen, schwarzen Flechten brachte ein vollbeladenes Tablett herein.

Die aufgetragene Mahlzeit duftete köstlich. Vera setzte sich zu Tisch. Sie entdeckte, daß man ihr das Gericht aus frischem Fisch, bedeckt von einer Sauce aus Eiern, Öl und Zitronensaft vorgesetzt hatte, von dem ihr der Adjutant des Premierministers so sehr vorgeschwärmt hatte.

Dieser hatte sich auf der langen Reise als ihr Lehrer betätigt. Die Sprache studierte sie mit dem Minister. Der Adjutant erzählte ihr von den Sitten und Gebräuchen des Landes sowie vom Leben und den Vergnügungen seiner Menschen.

„Sie wissen sicher", berichtete er, „daß unser Volk aus einer Mischung von Griechen, Albanern und Ungarn besteht, wobei die letzteren gesellschaftlich dominieren. Daher haben wir den Geschmack und die Charakteristika von allen drei Nationen übernommen." Lächelnd fuhr der Adjutant fort: „Was das Essen anbelangt, so haben wahrscheinlich die Griechen den stärksten Einfluß gehabt. Durch unsere ausgedehnte Küste ist unsere Küche reich an Gerichten aus Meerestieren. Jede Frau zaubert die hervorragendsten Fischmahlzeiten auf den Tisch."

Soweit sich das auf das vor ihr stehende Essen bezog, konnte Vera dies nur bestätigen. Es schmeckte vorzüglich.

Darauf folgte ein Gang aus zartem, am Spieß gebratenem Lamm mit Tomaten und einem grünen Gemüse, das Vera nicht zu identifizieren vermochte, das aber wie grüner Paprika schmeckte.

Das Lamm war mit vielen Kräutern gewürzt. Sie nahm sich vor, mehr über die Vegetation des Landes zu lernen, sobald sie sich ein wenig eingelebt hatte.

Der Wirt brachte ihr einen leichten Weißwein. Obwohl sie um Wasser gebeten hatte, versuchte sie ihn und fand ihn sehr angenehm.

Sie hätte gern gefragt, ob er hierzulande wuchs. Doch leider reichten dazu ihre Sprachkenntnisse nicht aus. Den Wirt konnte sie nur sehr schwer verstehen, da er einen ganz anderen Dialekt als der Minister und sein Adjutant sprach.

Vera stand am Fenster und sah hinaus.

Was soll ich nur machen, wenn niemand kommt? fragte sie sich. Wenn man sie nun vergessen hatte und sie hier Tag für Tag, Monat für Monat herumsitzen mußte? Was geschah, wenn ihr das Geld ausging und sie nicht mehr ihr Essen bezahlen konnte?

Vielleicht mußte sie sich dann ihren Lebensunterhalt selbst verdienen. Was aber konnte sie tun? Im Geist sah sie sich schon im Olivenhain arbeiten oder im Gasthaus Teller waschen.

Sie schüttelte diese Gedanken ab. Ihre Mutter hatte sie oft genug wegen ihrer blühenden Phantasie geschol ten.

„Du träumst zuviel, Vera", pflegte sie zu sagen. „Du mußt lernen, praktischer zu denken und mit den Füßen fest auf dem Boden der Tatsachen zu stehen. Man kann nicht ständig in einem Traumland leben."

Vera wußte selbst, daß dies ihr größter Fehler war. Und doch fand sie es schwer, sich von einer Gewohnheit zu trennen, die für sie eine geradezu magische Anziehungskraft besaß.

Vor zwei, drei Jahren hatte sie eines Tages ihre Eltern belauscht.

„Ich mache mir Sorgen um Vera", sagte die Herzogin.

„Warum?" wollte der Herzog wissen.

„Sie ist ganz anders als andere Mädchen. Sie lebt in ihrer eigenen Welt. Meist bemerkt sie gar nicht, was um sie herum vorgeht."

„Das könnte durchaus ein Vorteil sein", meinte der Herzog lächelnd.

„Es ist nichts dergleichen", erwiderte die Herzogin heftig. „Vera erwartet von den Menschen zuviel. Sie glaubt ständig, sie müßten ihren Idealen entsprechen."

„Dann wird sie noch so manche Enttäuschung erleben", prophezeite der Herzog.

„Man wird ihr weh tun, und sie wird unglücklich werden", sagte seine Gemahlin und seufzte.

„Vera ist einfach zu sensibel und versponnen."

„Das wird sich geben, wenn sie älter wird", sagte der Herzog abschließend.

Vera wußte, daß dem nicht so war. Wenn das überhaupt möglich war, hatte sich ihre Einbildungskraft höchstens noch verstärkt.

Als sie England verließ, nahm sie sich vor, vernünftig zu sein und sich durch nichts überraschen zu lassen, wie fremdartig und ungewohnt es ihr auch erscheinen mochte.

Ich darf einfach nicht mehr soviel von den Menschen erwarten, redete sie sich ein. Dabei wußte sie genau, daß sie in diesem Fall nur eine einzige Person im Auge hatte.

Unruhig und ein bißchen verängstigt durchquerte sie das Zimmer. Sollte sie einen Spaziergang am Hafen machen oder hier warten, ob nicht doch endlich jemand käme? Sie zwang sich dazu, sich ruhig in einem Sessel niederzulassen.

In diesem Augenblick hörte sie draußen jemand laut reden. Eine Person gab mit kultivierter Stimme irgendwelche Anweisungen.

Wenn sie auch nichts verstehen konnte, so hoffte sie doch, daß endlich jemand gekommen war, um sie willkommen zu heißen. Instinktiv setzte sie sich aufrechter hin.

Die Herzogin hatte ihr einen guten Rat mit auf den Weg gegeben. „Vergiß niemals, Würde zu zeigen. Du hast jeden Grund, auf deine Herkunft und die Stellung deines Vaters stolz zu sein. Außerdem bist du Engländerin. Trage stets den Kopf hoch. Was immer auch geschieht, zeige ein unbewegtes Gesicht."

„Ich will es versuchen, Mama", sagte Vera demütig.

Jetzt wollte sie diesen Ratschlag befolgen.

Die Tür flog auf und ein Mann betrat das Zimmer. Seine Züge waren scharf geschnitten. Die hoch angesetzte Nase stand zwischen zwei dunklen Augen, die sie so durchdringend musterten, daß sie unwillkürlich die Lider senkte.

Was für ein unverschämtes Benehmen, dachte sie voller Empörung.

Seine Kleidung war staubbedeckt. Vom ursprünglichen Glanz seiner Stiefel war nichts mehr zu bemerken. Statt ein Halstuch um den Nacken zu tragen, stand sein Hemd offen und ließ seine sonnengebräunte Brust sehen.

„Ich höre soeben, daß Sie allein eingetroffen sind", sagte er. „Wo ist der Premierminister?"

In seiner Art zu sprechen lag so viel Autorität, daß Vera sich aufrichtete.

Zum erstenmal seit ihrer Ankunft in Katona war sie wirklich wütend. Zuvor hatte sie das Fehlen eines gebührenden Empfanges lediglich befremdet zur Kenntnis genommen. Die Art und Weise, wie dieser Fremde in ihr Zimmer stürzte und sie anredete, war jedoch mehr als unangemessen.

„Da Sie offensichtlich über meine Identität informiert sind, Sir", begann sie langsam, wobei sie ihre Worte sorgfältig wählte, „wäre es wohl nicht mehr als recht und billig, wenn Sie sich vorstellten, bevor Sie irgendwelche Fragen an mich richten."

Er sah sie einen Augenblick überrascht an. Dann schloß er die Tür hinter sich. Als sich seine schwarzen Augen mit Veras blauen maßen, stellte sie innerlich fest: Er gleicht einem Adler.

Der Fremde verbeugte sich leicht. „Mein Name ist Czako, Graf Miklos Czako. Ich habe eine wichtige Botschaft für den Premierminister."

Sein Englisch war ausgezeichnet. Nur ein leichter Akzent verriet, daß es sich nicht um seine Muttersprache handelte.

„Sie haben einen weiten Weg vor sich, wenn Sie sie Seiner Exzellenz persönlich übermitteln wollen", sagte Vera.

„Was zum Teufel meinen Sie damit?" rief der Graf unbeherrscht. Doch als er ihren schockierten Gesichtsausdruck sah, fügte er schnell hinzu: „Entschuldigen Sie, Mylady. Das hätte ich nicht sagen dürfen. Aber ich habe eilige Anweisungen vom Prinzen für den Minister."

„Sie kommen von Seiner Königlichen Hoheit?"

„Jawohl."

Die Antwort hätte nicht knapper ausfallen können.

„Vermutlich hat sich jemand geirrt oder den Tag meiner Ankunft verwechselt", sagte Vera ruhig. „Seine Exzellenz, der Premierminister, hatte mich davon unterrichtet, daß Baron Milovan zu meinem Empfang bereitstünde."

„Wo ist der Premierminister?" fragte der Graf noch einmal.

Offensichtlich irritierte ihn die Tatsache, daß sie seine erste Frage nicht beantwortet hatte.

„Seine Exzellenz befindet sich im Krankenhaus in Neapel."

„Im Krankenhaus?"

„Wir hatten eine außergewöhnlich stürmische Fahrt durch die Biskaya", erklärte Vera. „Und doch war das nichts gegen den Orkan, mit dem uns das Mittelmeer empfing. Mehr als einmal hielt selbst der Kapitän das Schiff für verloren."

„Wurde der Minister dabei verletzt?"

„Er stürzte und brach sich ein Bein. Der Bruch war so kompliziert, daß ihm die Ärzte im Krankenhaus von Neapel mindestens für vierzehn Tage jede Bewegung verboten. Seine Exzellenz selbst bestand darauf, daß ich die Reise fortsetzen sollte."

„Allein?" fragte der Graf. „Wo ist Ihre übrige Begleitung?"

Vera lächelte, wobei sich zwei Grübchen neben ihren Mundwinkeln zeigten. Sie wußte, daß sie den vor ihr stehenden Mann mit ihrer Erzählung reichlich aus der Fassung brachte. Das bereitete ihr nach der Art, wie er sich eingeführt hatte, ein gewisses Vergnügen.

„Wir hatten Neapel verlassen und sahen schon dem Zeitpunkt unserer Landung entgegen, als mehrere Mitglieder der Besatzung erkrankten. Dies geschah am zwölften Tage auf See. Einer nach dem anderen wurde von einem schmerzhaften Ausschlag befallen, den wir zuerst für die Pocken hielten."

„Die Pocken?" rief der Graf entsetzt.

„Glücklicherweise erwiesen sich unsere Befürchtungen als unbegründet", fuhr Vera fort. „Es handelte sich lediglich um eine sehr unangenehme Art von Windpocken."

„Und Ihre Begleitung?"

„Meine Gesellschafterin sowie der Adjutant Seiner Exzellenz erkrankten gestern ebenfalls", erklärte Vera.

„Heute hatten beide hohes Fieber. Sie konnten unmöglich aufstehen und an Land gehen.“

„Guter Gott!“

Der Mann in dem staubigen Reitanzug war offensichtlich von Veras Schilderung tief betroffen. Ihre blauen Augen zwinkerten vor Belustigung über seinen Schreck. Vor dem Hintergrund des dunklen Lehnsessels wirkte ihr goldblondes Haar wie ein Heiligenschein.

Nach kurzem Zögern sagte der Graf mit rauher Stimme: „Da der Premierminister nicht anwesend ist, muß ich wohl Ihnen die Sachlage erklären. Man hat Sie deshalb nicht in Katona willkommen geheißen, Lady Vera, weil eine Revolution ausgebrochen ist.“

Jetzt war es an ihr, überrascht zu sein.

„Es begann vor ungefähr einer Woche. Deshalb hält es der Prinz für besser, wenn Sie sofort nach England zurückkehren. Das ist die Botschaft, die ich dem Minister überbringen wollte.“

Vera schwieg einen Augenblick. Dann sagte sie gelassen: „Schlagen Sie mir ernstlich vor, nach Hause zu fahren?“

„Das wäre für alle Beteiligten das beste.“

„Nachdem ich gerade einen so weiten Weg zurückgelegt habe? Die Reise war ziemlich anstrengend, wie Sie sich vermutlich denken können.“

„Dessen bin ich mir wohl bewußt“, sagte der Graf. „Aber eine Revolution kann gefährliche Formen annehmen, und man weiß nie, wie sie ausgeht.“

„Glauben Sie, daß man den Prinzen zum Abdanken zwingen will?“

„Die Möglichkeit ist nicht von der Hand zu weisen.“

„Bis jetzt ist das aber noch nicht geschehen?“

„Nein, das nicht.“

Wieder schwieg Vera einen Moment. Dann sagte sie: „Wie stellen Sie sich das eigentlich vor? Mein Schiff befindet sich bereits auf dem Weg nach Athen. Dort dürften sich vermutlich meine Gesellschaftsdame und der Adjutant wieder wohl genug befinden, um entweder per Schiff oder über Land nach Katona zurückzukehren.“

„Es muß doch noch andere Schiffe geben“, meinte der

Graf und sah aus dem Fenster, als erwarte er, eines im Hafen zu sehen.

„Selbst wenn dem so wäre“, sagte Vera beherrscht, „habe ich nicht die Absicht, an Bord zu gehen.“

„Das ist ein geradezu lächerliches Benehmen“, fuhr der Graf sie an. „Sie wissen so gut wie nichts über dieses Land. Und ich kann mir auch nicht vorstellen, daß Sie über Revolutionen Bescheid wissen. Schließlich haben Sie in England noch nie eine gehabt. Denken Sie an Ihre Sicherheit.“

„Ich habe mich entschieden, nach Katona zu kommen“, erwiderte Vera. „Was immer auch geschieht, ich halte es für meine Pflicht, zu bleiben.“

„Guter Gott, Madam, es steht Ihnen nicht zu, eine so folgenschwere Entscheidung zu treffen.“

Der Graf hatte sich in Rage geredet.

Mit blitzenden Augen erhob sich Vera aus ihrem Sessel.

„Ich kann mir nicht vorstellen, daß wegen einer Revolution die Männer um Seine Königliche Hoheit jeden Sinn für gutes Benehmen verloren haben. Sie werden sich für Ihren Ton bei mir entschuldigen.“

Ihre Blicke maßen sich. Einen Augenblick glaubte Vera, der Graf würde hart bleiben, doch dann lenkte er ein: „Ich bitte um Vergebung. Tatsache ist, daß ich zutiefst besorgt um Ihre Sicherheit bin.“

„Ich ziehe es vor, meine Angelegenheiten selbst zu entscheiden“, sagte Vera. „Und jetzt werden Sie mir bitte eine Frage beantworten. Befindet sich Seine Königliche Hoheit in Gefahr?“

Der Graf überlegte.

„Möglicherweise ja, ich weiß es nicht.“

„In diesem Fall sollte ich ihm zur Seite stehen.“

„Das ist unmöglich“, wehrte der Graf ab. „Ich habe alle Vollmachten des Prinzen, Sie zur Heimreise zu bewegen. Wenn die Dinge in Katona einigermaßen zur Ruhe gekommen sind, kann ein Abgesandter nach England reisen, um die Angelegenheit Ihrer Eheschließung wieder aufzunehmen.“

Er zögerte, sprach aber dann weiter.

„Im Augenblick ist es für Sie das beste, heimzukehren. Ich muß nur noch ein geeignetes Schiff für Sie finden."

„Wie ich Ihnen bereits mitteilte, Graf", unterbrach ihn Vera so ruhig, als spräche sie zu einem ungezogenen Kind, „habe ich nicht die geringste Absicht, Katona zu verlassen. Es hat gar keinen Sinn, weiter mit mir darüber zu diskutieren. Ich muß Sie bitten, wenn nötig Ihnen sogar befehlen, mich zu meinem Gatten zu bringen."

Der Graf schwieg. Dann sagte er mit einer Stimme, der man deutlich die Überraschung anhörte: „Haben Sie den Prinzen soeben Ihren Gatten genannt?"

„Ich bin dem Prinzen in England vor meiner Abreise in Vertretung vermählt worden", erklärte Vera. „Der Premierminister führt die Unterlagen mit sich."

„Davon ist dem Prinzen nichts bekannt. Das ist das Werk des Premierministers. Dieser alte Fuchs!"

„Wenn ich ihn richtig verstanden habe, so führte Seine Exzellenz die Wünsche des Prinzen aus, als er um meine Hand anhielt. Es war mein Vater, der auf einer Heirat bestand. Er wollte mich nicht einfach ins Ungewisse reisen lassen."

Da der Graf zu verwirrt schien, um etwas zu sagen, sprach sie in ironischem Ton weiter.

„Wie recht er hatte! Wenn er auch kaum geahnt haben kann, daß man mich gleich nach meiner Ankunft zur Abreise auffordern würde."

„Wenn dies den Tatsachen entspricht", sagte der Graf nach kurzer Überlegung, „muß man die Eheschließung eben rückgängig machen. Das ist lediglich eine Formalität. Der Prinz als Oberhaupt von Katona kann diese Ehe für ungültig erklären lassen."

Vera holte tief Atem.

„Diese Angelegenheit kann höchstens zwischen dem Prinzen und mir diskutiert werden, keinesfalls von einem Außenseiter."

Ihre Stimme klang eisig. Der Graf, der die ganze Zeit aus dem Fenster gesehen hatte, wandte sich ihr wieder zu.

„Wie Sie wünschen, Madam. Ich werde Ihren Befehlen gehorchen und Sie zu Seiner Königlichen Hoheit bringen. Eines möchte ich noch erwähnen. Falls Sie irgendwann auf dem Weg nach Djilas Ihre Meinung ändern sollten, bin ich jederzeit bereit, Sie zurückzubringen oder in einem anderen Hafen ein Schiff zu suchen.“

„Ich bin Ihnen für Ihre Rücksichtnahme äußerst dankbar“, sagte Vera mit einem Anflug von Spott in der Stimme. „Teilen Sie mir freundlicherweise mit, wann Ihnen unsere Abreise genehm ist.“

„Auf der Stelle“, antwortete er. „Vielleicht sollte ich noch hinzufügen, daß der Grund meiner Eile darin zu suchen ist, daß sich Ihr Leben in Gefahr befindet. Es gibt gewisse Leute, die Sie hier in Katona nicht gern sehen.“

Vera sah ihn verwirrt an.

„Meinen Sie damit, daß mich jemand umbringen will?“

„Vermutlich hätte man Sie lediglich gezwungen, auf Ihr Schiff zurückzukehren. Da dieses aber in der Zwischenzeit abgefahren ist, würde ich Ihnen keine allzu großen Überlebenschancen einräumen.“

„Ich nehme an, Sie meinen die Revolutionäre?“ fragte Vera.

Er nickte.

„Bringt Sie das endlich zur Vernunft? Gehen Sie wieder nach England, Lady Vera. Kehren Sie in ein Land ohne Revolutionen zurück, wo man Sie kennt und liebt. Zu Ihrer Familie, wo Sie in Sicherheit sind.“

Seine Stimme klang fast flehend.

„Sie wirken sehr überzeugend, Graf“, bemerkte Vera. „Darf ich Sie aber trotzdem daran erinnern, daß ich Ihrem regierenden Prinzen vermählt bin. Ich denke doch, daß mir das einige Autorität verleiht, und befehle Ihnen daher, mich so schnell wie möglich zu Seiner Königlichen Hoheit zu bringen.“

Sie hatte ruhig gesprochen, wenn auch ihre Augen zornig blitzten.

Der Graf wußte, wann er geschlagen war. Eine solche Auflehnung hatte er nicht erwartet. Seine Ähnlichkeit mit einem Adler wurde immer deutlicher. Er wirkte herrschsüchtig und rücksichtslos.

Plötzlich und unerwartet kapitulierte er. „So sei es denn, Madam, ich gehorche. Aber machen Sie mich nicht für etwaige Folgen verantwortlich.“

„Das werde ich keineswegs."

„Dann sollten Sie sich jetzt schnell umziehen", schlug er vor. „Welchen Koffer aus diesem Gepäckberg möchten Sie nach oben gebracht haben?"

„Ich nehme an, wir reiten?" fragte Vera.

„Wir reiten", bestätigte er. „Sie können also nur mitnehmen, was in der Satteltasche Platz hat, und auch das sollte besser nicht viel wiegen. Nehmen Sie einen warmen Umhang mit. Nachts kann es hierzulande ziemlich kalt werden."

Vera verlor keine Zeit. Wenige Minuten später stand sie vor dem Gepäck, das fast die ganze kleine Empfangshalle des Gasthauses füllte. Glücklicherweise hatte die Herzogin darauf bestanden, daß sie sich mit dem Inhalt jedes einzelnen Koffers vertraut machte.

Der Graf wartete ungeduldig. Einen Moment lang erfaßte Vera eine gewisse Panik, da sie sich nicht gleich erinnern konnte, wo sich ihr Sommerreitkostüm befand. Dann deutete sie auf einen Lederkoffer mit rundem Dekkel.

In der Schlafkammer mit der niederen Decke blieb Vera einen Augenblick ruhig stehen. Der Kampf mit dem Grafen war nicht leicht gewesen, doch sie hatte dabei besser abgeschnitten als erwartet.

Er war fest entschlossen, sie nach England zurückzuschicken. Dabei hatte er sie fast eigenhändig aus dem Lande geworfen, als ob ihm schon der Gedanke an ihre Gegenwart nicht paßte.

„Ich hasse ihn", sagte sie vor sich hin. „Und wie ich ihn hasse."

Es war das erstemal in ihrem Leben, daß sie gegen jemanden eine so starke Abneigung empfand. Tatsache jedoch war, daß nie zuvor ein Mann sie so völlig aus der Fassung gebracht hatte.

„Ich hasse ihn", flüsterte sie noch einmal. Und doch blieb ihr nichts anderes übrig, als sich ihm anzuvertrauen. Sie kannte ja niemanden, an den sie sich um Rat oder Hilfe wenden konnte. Und wenn der Graf recht hatte, gab es hier irgendwo Feinde, die ihr nach dem Leben trachteten.

Das war kein erfreulicher Gedanke. Vera versuchte sich einzureden, daß der Graf wahrscheinlich die Lage übertrieb und deshalb die Tatsache besonders hervorhob, daß bestimmte Leute ihre Hochzeit mit dem Prinzen zu verhindern suchten. Doch sie war vernünftig genug anzunehmen, daß zumindest ein Korn Wahrheit dahinterstecken mußte. Schließlich ließ sich nicht verleugnen, daß niemand sie bei ihrer Ankunft empfangen hatte. Anscheinend war der Graf wie ein Verrückter geritten, um dem Premierminister die Botschaft des Prinzen zu übergeben.

Außer ihrem Bruder hatte sie noch niemals einen Herrn ohne Halstuch um den Nacken gesehen. Und kein Gentleman hatte je so mit ihr gesprochen wie der Graf.

Inzwischen hatte Vera den Koffer geöffnet. Zu ihrer Erleichterung war ihre Reitausrüstung leicht zu finden.

Sie entledigte sich des hübschen Musselinkleides. Bei einem Blick auf das grüne Reitkostüm wurde ihr klar, daß es sich zwar für einen Ausritt im Hydepark eignete, aber kaum für eine wilde Jagd nach Djilas.

Andererseits hatte sie nichts anderes zur Verfügung. Und der Gedanke, daß der weite Rock und die weißabgesetzte Jacke mit den großen Perlenknöpfen ihr gut standen, hatte etwas Tröstliches. Das Kostüm brachte ihre schlanke Taille außerordentlich gut zur Geltung.

Mehrere Blusen paßten dazu und Vera entschloß sich für eine aus weißem Musselin mit Spitzenbesatz. Dann klingelte sie nach dem Mädchen, das ihren Hutkoffer bringen sollte.

„Achte immer auf deinen Teint", hatte die Herzogin zum Abschied gesagt. „Die Sonne dort ist viel heißer als in England. Zweifellos wird sich deine rosigweiße Haut neben der dunklen der dortigen Einwohner vorteilhaft ausnehmen. Also ist es wichtig, daß du dich nicht von der Sonne verbrennen läßt."

Dabei betrachtete sie besorgt ihre fast zerbrechlich wirkende, liebliche Tochter. Doch um sie nicht eingebildet zu machen, fügte sie hastig hinzu: „Überhaupt sollte eine Dame immer eine weiße Haut haben."

Vera entnahm der Hutschachtel, die das Mädchen vor

sie hingestellt hatte, einen breitkrempigen Strohhut, der mit grünen Seidenblättern besetzt war und band ihn mit einer Schleife aus demselben Material unter ihrem zierlichen Kinn fest.

Das Jahr 1819 hatte die neue Mode der engen Taillen und weiten Röcke auch nach London gebracht. Korsetts kamen für diejenigen auf, die sie brauchten. Am vorteilhaftesten aber waren die modischen Petticoats. Unter ihrem Reitkostüm trug Vera zwei dieser steifen, mit Spitzen verzierten Unterröcke

Ihre weißen Handschuhe paßten zu dem Besatz ihrer Jacke. In der Hand hielt sie eine kleine Reitgerte mit Goldgriff, ein Hochzeitsgeschenk einer ihrer Schwestern.

Sie war mit ihrer Erscheinung zufrieden. Jetzt stand sie vor dem Problem, was sie mitnehmen sollte. Der Graf war sicher nicht damit einverstanden, wenn sie sich zu sehr bepackte, und sie hatte nicht die Absicht, ihm einen Grund zur Mißbilligung zu geben.

Also machte sie aus Kamm, Bürste, Zahnbürste, ein paar Taschentüchern und einem der durchsichtigen Nachtgewänder aus ihrer Aussteuer ein Bündel und wickelte das Ganze in Papier. Dann ergriff sie ihren Umhang und ging nach unten.

Der Graf erwartete sie bereits im Salon. Während ihrer Abwesenheit hatte er sich ebenfalls frisch gemacht und seine Kleidung gesäubert. Seine Jacke war ausgebürstet, seine Stiefel frisch poliert und er trug ein Halstuch um den Nacken. Es war kein übliches Halstuch, sondern kaum größer als ein seidenes Taschentuch und hätte jedem englischen Dandy ein mitleidiges Lächeln entlockt. Aber wenigstens verhüllte er seinen nackten Hals.

Als Vera den Salon betrat, hielt der Graf ein Glas Wein in der Hand. Auf dem Tisch stand ein leerer Teller, ein Zeichen, daß er sich etwas zu Essen bestellt hatte.

Er sprang auf.

„Überraschend schnell für eine Frau", bemerkte er spöttisch. Als sie ihn daraufhin scharf ansah, setzte er hinzu: „Madam."

„Es liegt Ihnen offenbar sehr viel daran, daß wir uns sofort auf den Weg machen, Graf", erwiderte Vera. „Ich möchte es nicht auf mein Gewissen laden, daß Sie sich meinetwegen in Gefahr begeben."

Ein amüsiertes Lächeln spielte um seine Lippen..

„Außerdem wäre ich Ihnen dankbar, wenn Sie dafür Sorge tragen könnten, daß man mein Gepäck an einem sicheren Platz verwahrt", fuhr sie fort. „Man kann es ja zu einem späteren Zeitpunkt nach Djilas nachkommen lassen."

„Natürlich", sagte der Graf. „Sobald die Revolution vorüber ist."

„Das meinte ich ja damit", bemerkte sie kühl.

„Ich habe Pferde bestellt. Sie dürften schon draußen auf uns warten." Der Graf ging zur Tür.

Vera hatte schon als kleines Kind geritten. Es gab nicht so schnell ein Pferd, dem sie nicht gewachsen war. Auf so kleine Tiere mit rauhem Fell, wie sie vor dem Gasthof standen, war sie allerdings nicht gefaßt gewesen. Sie wirkten ruhig und kräftig, hatten aber nicht das geringste mit den rassigen Pferden gemeinsam, die sie gewohnt war.

Als der Graf ihr verblüfftes Gesicht sah, lachte er.

„Das sind die richtigen Pferde für den Ritt, den wir vor uns haben, wenn auch wohl kaum die passenden für Mylady."

Er macht sich über mich lustig, dachte sie und verabscheute ihn von ganzem Herzen.

Er nahm ihr den Umhang ab, rollte ihn zusammen, legte ihn über das Pferd und befestigte ihn am Sattel. Ihr kleines Bündel steckte er in die Satteltasche seines eigenen Pferdes.

Der Wirt stand im Eingang. Vera streckte ihm die Hand entgegen.

„Ich danke Ihnen, daß Sie mich so gut versorgt haben", sagte sie in der Landessprache. „Bitte verwahren Sie meine Koffer sorgfältig."

Sie gab sich große Mühe, die richtigen Worte zu finden, und der Wirt verstand auch, was sie meinte. Über das ganze Gesicht lächelnd versprach er, das Gepäck notfalls mit seinem Leben zu verteidigen. Dann wünschte er ihr und dem Grafen eine angenehme und schnelle Reise.

Der Pferdeknecht half Vera in den Sattel; der Graf saß bereits zu Pferde. Während sie langsam über die holprige Straße ritten, bemerkte er: „Sie haben also schon angefangen, unsere Sprache zu lernen."

„Ich weiß noch nicht allzu viel, wäre aber traurig, wenn meine Anstrengungen umsonst gewesen wären."

„Das ist nur natürlich, Madam."

Wieder klang dieser spöttische Unterton in seiner Stimme mit, der sie so erbitterte.

Als sie den Ort hinter sich gelassen hatten, wurde der Weg sehr staubig. Jetzt hatte Vera Gelegenheit, die Olivenbäume und die vielen Blumen, die ihr schon vom Hafen aus aufgefallen waren, aus der Nähe zu betrachten. Sie hätte sich niemals träumen lassen, daß es eine solche Vielzahl von Farben geben konnte. Sie bewegten sich durch ein wahres Blumenmeer. Da gab es roten Mohn, rosa Nelken, Ringelblumen, weiße und lila Iris, wilde Gladiolen und blauen Enzian, aber auch viele Blumen, die Vera noch nie gesehen hatte. Den Grafen mochte sie nicht fragen, was für welche es waren. Er hätte sich nur über ihre Wißbegier amüsiert.

Nach kurzer Zeit verließen sie die Straße und ritten jetzt auf einem kleinen Pfad den Hügeln zu.

Vera war so sehr damit beschäftigt, die ganze Schönheit um sich her aufzunehmen, daß sie gar nicht darauf achtete, welche Richtung sie einschlugen.

Als sie an ein paar Orangenbäumen vorbeiritten, dachte sie daran, wie aufgeregt ihre Schwestern wohl wären, wenn sie ihnen davon berichtete.

Auch Zitronenbäume fehlten nicht sowie eine Frucht, die sie für Granatäpfel hielt.

Nachdem sie schon über eine halbe Stunde geritten waren, fiel Vera auf, daß es ununterbrochen bergan ging.

Als sie zurückblickte, sah sie den kleinen Hafen zu ihren Füßen liegen. Die roten Ziegeldächer drängten sich dicht zusammen. Vor ihr und ihrem Begleiter türmten sich höher und höher die Berge bis zu den schneebedeckten Gipfeln hin, die sie schon bei ihrer Ankunft bewundert hatte.

Bald darauf hörten die Blumen auf, und es wurde merklich kühler. Jetzt wuchsen Wacholder, Buchen, Eichen und Myrten am Wegrand. Hin und wieder stand ein roter Judasbaum dazwischen. Weiter oben wurden diese Bäume von Fichten und Tannen abgelöst.

Während sie sich in gleichmäßigem Tempo dahinbewegten, sah Vera ein, daß der Graf bei der Auswahl ihrer Reittiere sehr viel gesunden Menschenverstand bewiesen hatte.

Die Tiere waren an die Berge gewöhnt. Sie liefen nicht zu schnell und legten doch eine gute Strecke Wegs zurück. Wenn sie auch nicht besonders schön aussahen, so waren sie doch sehr zuverlässig, weil sie diese Region genau kannten.

Der Pfad wand sich zwischen Bäumen hindurch und wurde so schmal, daß der Graf voranreiten mußte. Gelegentlich sah er sich um, um festzustellen, wie sich Vera hielt, sagte jedoch kein Wort. Vermutlich war er immer noch verärgert, weil sie sich nicht hatte abschrecken lassen.

War er wirklich der Ansicht, daß man ihre Ehe ungültig erklären konnte? fragte sie sich. Warum hatte der Prinz sie eigentlich nach Katona kommen lassen, wenn er sie so schnell wieder loswerden wollte?

Vera kannte die Antwort auf diese Frage. Es gab da etwas, das sie tief ins Unterbewußtsein verdrängt hatte. Etwas, an das sie sich nicht erinnern wollte. Jetzt blieb ihr nichts anderes übrig, als der Wahrheit ins Antlitz zu sehen.

Alles war für sie völlig unerwartet gekommen. In diesem Frühjahr sollte sie ihre zweite Londoner Saison erleben. Die erste im vergangenen Jahr war ein voller Erfolg gewesen. Das konnte man auch kaum anders erwarten, wenn eine so wichtige Debütantin wie die Tochter des Herzogs und der Herzogin von Salfont in die große Welt eingeführt wurde.

Vera hatte eine glänzende Erziehung genossen. Im Lauf der Jahre hatte die Herzogin ihre fünf Töchter eine nach der anderen in die Gesellschaft eingeführt. Dabei hatte Vera Gelegenheit gehabt, an vielen Festen teilzunehmen, noch bevor sie der Schule entwachsen war.

Seit ihrem fünfzehnten Lebensjahr hatte man sie zusammen mit ihren Schwestern eingeladen. Manch eine Freundin der Herzogin hatte sie, von ihrer Schönheit bezaubert, als Bereicherung für ihre gesellschaftlichen Aktivitäten betrachtet.

Viele junge Männer hatten den Herzog um die Erlaubnis gebeten, seiner Tochter den Hof machen zu dürfen. Sie waren allerdings mit der kurzen Absage beschieden worden, daß sie noch viel zu jung dazu sei.

Im Februar, einen Monat nach ihrem achtzehnten Geburtstag, hatte der Premierminister von Katona bei dem Herzog vorgesprochen, und Vera war sehr erstaunt gewesen, als ihr Vater sie kurz danach in die Bibliothek von Salfont House rief. Dort sagte er in ungewöhnlich ernstem Ton: „Vera, ich möchte mit dir reden."

Dem jungen Mädchen war unbehaglich zumute. Diese Worte zogen gewöhnlich einen Tadel oder Schelte nach sich. Statt dessen fuhr der Herzog fort: „Der Premierminister von Katona hat mir heute einen Besuch abgestattet. Seine Königliche Hoheit, Prinz Alexander von Katona, erbittet die Ehre, um deine Hand anhalten zu dürfen."

Vera sah ihren Vater sprachlos an. Dieser sprach weiter.

„Da Katona ein unabhängiges Königreich ist, bedeutet das, daß du Königin dieses kleinen, aber wichtigen Landes würdest."

Vera glaubte, nicht recht gehört zu haben. Dann sagte sie fast kindlich: „Aber ich kenne den Prinzen doch gar nicht."

Ihr Vater nahm ihre Hand und zog sie neben sich auf das Sofa.

„Mein liebes Kind, an Königshöfen werden Heiraten arrangiert. Ich halte die Ratgeber des Prinzen für sehr vernünftig, eine englische Braut für ihren Herrscher ins Auge zu fassen."

„Du willst damit andeuten", sagte Vera vorsichtig, „daß es sich nicht um den Wunsch des Prinzen, sondern um einen Vorschlag seiner Regierung handelt."

„Wie ich bereits erwähnte, werden solche Angelegenheiten nach politischen und diplomatischen Gesichtspunkten geregelt. Ich habe deshalb bereits den Staatssekretär beim Auswärtigen Amt, Lord Castlereagh, konsultiert. Seiner Meinung nach sollten wir den Wünschen von Katona entsprechen."

„Aber Papa, ich habe den Prinzen noch nie gesehen." Vera weinte fast.

„Er soll ein guterzogener, charmanter junger Mann sein", erwiderte der Herzog. „Übrigens hat er britisches Blut in den Adern. Sowohl seine Großmutter wie auch seine Urgroßmutter stammten aus England." Er machte eine Pause, bevor er fortfuhr: „Katona hat sich Großbritannien gegenüber stets freundschaftlich verhalten, und es ist sehr wichtig, daß dies auch so bleibt."

Am nächsten Tag führte der Staatssekretär, Lord Castlereagh, fast dieselben Argumente ins Feld. Vera saß mit ihm und dem Premierminister, dem Earl of Liverpool, im Arbeitszimmer von Downing Street Nr. 10. Lord Castlereagh wußte, wie man ein junges, sensibles Mädchen zu behandeln hatte.

„Ich sehe, daß ich Sie ein wenig in meine Geheimnisse einweihen muß", sagte er ruhig. „Katona ist bei der Neuordnung Europas außerordentlich wichtig, um das europäische Gleichgewicht zu bewahren."

Vera hatte sich schon immer für Politik interessiert. Sie verstand, was er meinte.

Er lächelte sie gewinnend an.

„Zur Stunde wehre ich mich gegen den Plan des russischen Zaren Alexander und des österreichischen Kanzlers, Fürst Metternich, eine Liga der europäischen Staaten zu gründen, deren Existenz man durch Militärmacht garantieren möchte."

„Das wäre sicher ein Fehler", rief Vera aus.

„Ich sehe, daß Sie politisches Verständnis besitzen", bemerkte Lord Castlereagh. „Dann können Sie sich bestimmt auch denken, warum wir es begrüßen würden, wenn Sie nach Katona gingen und Prinz Alexander beeinflußten."

Als er ihren Gesichtsausdruck sah, meinte er begütigend: „Lady Vera, ich kenne den Prinzen und kann Ihnen versichern, daß er hochintelligent, gebildet und von sympathischem Wesen ist."

Wird er mich auch lieben? hätte Vera am liebsten gefragt, unterdrückte jedoch diese Bemerkung, weil sie wußte, daß sie die beiden Herren damit schockiert hätte.

Der gutaussehende Premierminister, in dessen Gesicht die Würde seines Amtes gewisse Spuren hinterlassen hatte, sprach nicht weniger überzeugend.

„Ich kann Ihnen versichern, Lady Vera, daß wir niemand lieber an der Seite der Herrschers von Katona sehen würden als Ihres Vaters Tochter."

Lächelnd sah er sie an.

„Durch meine langjährige Verbindung mit Ihrer Familie weiß ich, wieviel Ihnen unser Land bedeutet. Niemand, und das meine ich im Ernst, gäbe einen besseren Botschafter für Großbritannien ab."

Dann hatten sie sie mit der Aussicht allein gelassen, einen Mann zu heiraten, den sie noch nie gesehen hatte und von dem sie nichts wußte, außer daß die Staatsmänner Gutes von ihm zu berichten wußten. Als ob er den Tumult in ihrem Inneren geahnt hätte, versuchte Lord Castlereagh sie mit seinen letzten Worten zu trösten.

„Ich habe Katona selbst einmal besucht, Lady Vera. Das Land ist wunderbar, und die vielen Blumen ein Entzükken für Auge und Gemüt. Manchmal entschädigt uns die Natur für vieles, was Menschen uns nicht zu geben vermögen."

Jetzt wußte Vera, was er damals gemeint hatte.

Zu diesem Zeitpunkt hatte der Staatssekretär nicht ahnen können, daß sie mitten in eine Revolution hineinplatzen würde.

Wie sehr auch der Graf auf ihrer Heimkehr bestanden hatte, der Prinz würde sie nicht dazu zwingen, das wußte sie. Ein solches Benehmen konnte zu leicht zu diplomatischen Schwierigkeiten mit England führen. Ihre Verbindung war überall in den Zeitungen veröffentlicht worden. Selbst das Parlament hatte Kenntnis davon genommen.

Vera war wenig Zeit geblieben, ihre Aussteuer zusammenzustellen. Fast jeden Abend fand ein Ball zu ihren Ehren statt.

Hunderte von Hochzeitsgeschenken trafen ein. Der Prinzregent schickte eine antike chinesische Vase, die Begeisterung bei jedem auslöste, der sie zu Gesicht bekam.

Nein, sagte sich Vera. Der Prinz wird es nicht wagen, mich zur Rückkehr zu zwingen, wie sehr er sich das auch wünschen mag.

Vermutlich hatte der Graf seine Befugnisse überschritten, als er versuchte, sie sozusagen aus dem Lande zu jagen.

Da romantische Träume ein Teil ihres Lebens waren, hatte sie sich ein Märchen über sich und Prinz Alexander zusammengereimt. Mit kindlicher Zuversicht glaubte sie, daß sie sich ineinander verlieben müßten, sobald sie sich träfen. Schließlich hatte ja schon Mama angedeutet, daß die dunklen Männer von Katona blonde Frauen bewunderten. Außerdem wußte sie, daß sie ausgesprochen hübsch war.

Nicht nur die jungen Männer, die ihr in London zu Füßen lagen, hatten ihr das immer wieder beteuert. Sie hatte den Ausdruck der Bewunderung auch noch auf vielen anderen Gesichtern gesehen.

Für ihren eigenen Geschmack war sie zu klein und zu zierlich. Sie bewunderte statuenhafte Schönheiten wie ihre Schwester Angelina oder Damen von Welt wie Charlotte.

Andererseits war ihre Haut sehr weiß und pfirsichzart. Ihre blauen Augen strahlten größer und ausdrucksvoller als die der meisten Blondinen und ihr Haar glänzte in der Sonne wie gesponnenes Gold.

Die Zeit bis zu ihrer Abreise verging wie im Flug. Manchmal sah sich Vera als Prinzessin aus dem Märchen, die durch die Welt fuhr, um den verwunschenen Prinzen zu suchen. Sobald sie ihn fand, würden sie für immer glücklich zusammen leben bis an ihr Lebensende.

Sie dachte sich aus, was sie mit ihrem zukünftigen Gatten alles unternehmen würde, wenn sie keine Pflichten hatten. Vom Adjutanten hatte sie gehört, daß der Prinz ein außergewöhnlich guter Reiter war, vermutlich weil seine Mutter aus Ungarn stammte.

„Die Ungarn sollen hervorragend zu Pferde sitzen, habe ich gehört“, sagte Vera.

„Es gibt keine Worte, um sie zu beschreiben“, antwortete der Adjutant enthusiastisch. „Sie bilden sozusagen einen Teil ihrer Pferde und bringen sie zu unvorstellbaren Leistungen.“

Wir reiten zusammen aus, stellte sich Vera vor. Oder er wird mich in seinem Wagen spazierenfahren.

Sie dachte sich ganze Unterhaltungen mit Prinz Alexander aus, wobei sie ihm ihre innersten Gedanken anvertraute. Manchmal ging ihre Phantasie mit ihr durch und sie rechnete jeden Augenblick damit, ihn in ihren Salon eintreten zu sehen. Sie konnte sich ihn genau vorstellen, nur nicht sein Gesicht. Deshalb fieberte sie schon voller Ungeduld der ersten Begegnung entgegen.

Wie ein körperlicher Schlag kam das böse Erwachen. Es war kurz vor dem großen Sturm, der ihrem Schiff beinahe den Untergang brachte. Da sie sich nach Luft sehnte, wickelte sich Vera in ihren Umhang und ging an Deck.

Es wehte bereits ein ziemlich heftiger Wind. Die Seeleute refften die Segel und liefen geschäftig hin und her. Schon schlugen die ersten Brecher über das Vordeck.

Vera hielt sich nur wenige Minuten an Deck auf. Da ihr Umhang durchnäßt war, hielt sie es für vernünftiger, sich wieder nach unten zu begeben.

Dort lief sie durch den engen Gang, der zu dem gemütlichen Salon führte, wo sie die Mahlzeiten einzunehmen pflegten.

Neben der Tür war eine Anzahl von Haken angebracht, an denen die Herren ihre Mäntel und Ölhäute aufhängten, wenn sie von Deck kamen und keine Lust hatten, vor dem Essen ihre Kabinen aufzusuchen.

Vera schüttelte die Kapuze von ihrem Kopf und begann die großen Knöpfe an ihrem Umhang zu öffnen. Plötzlich hörte sie die Stimme des Adjutanten.

„Sie ist einfach noch zu jung und unerfahren, um sich mit solchen Dingen auseinanderzusetzen. Das sollten Sie sich vor Augen halten.“

Er sagte dies so freundschaftlich, daß ihr ganz warm ums Herz wurde.

„Meiner Meinung nach besitzt Lady Vera eine Menge gesunden Menschenverstand“, erwiderte der Premierminister.

Vera erstarrte zu Eis. Anscheinend war die Tür zum Salon nur angelehnt. Jetzt sprach der Kapitän.

„Ich stimme Eurer Exzellenz bei. Sie ist nicht nur die charmanteste junge Dame, die mir je begegnet ist, sondern auch die mit dem stärksten Charakter.“

Vera rührte sich nicht von der Stelle. Sie vergaß ihre gesamte gute Erziehung. Kein Mensch hätte von ihr verlangen können, daß sie in einem solchen Falle nicht lauschte.

„Sie hat zuviel Pantasie“, bemerkte der Adjutant. „Außerdem ist sie viel zu sensibel. Wie soll sie mit einer Frau wie Madame Suleika fertig werden?“

„Hat Seine Königliche Hoheit denn nicht eingewilligt, diese Dame aufzugeben?“ fragte der Kapitän. „Als ich das letzte Mal in Katona war, hörte ich die Leute mit so viel Haß von ihr sprechen, daß ich mich wundere, daß man sie noch nicht aus dem Land gejagt hat.“

„Das würde niemand wagen, solange sie unter dem Schutz des Prinzen steht“, sagte der Premierminister. „Sie haben recht, Kapitän. Und dabei wissen Sie kaum die Hälfte von dem, was wirklich passiert ist. Sie ist von Grund auf böse. Ihr Einfluß ist geradezu verheerend und hat im Land mehr Unheil angerichtet, als Sie sich vorstellen können.“

„Wie haben Sie denn Seine Königliche Hoheit dazu bewegen können, eine Ehe einzugehen?“ fragte der Kapitän.

„Das war nicht allzu schwierig. Der Prinz weiß, daß er früher oder später heiraten muß“, erwiderte der Minister.

„Wenn er das tut, muß er zuerst diese Frau loswerden“, rief der Adjutant. „Eines hat sie jedenfalls bewirkt. Wir wissen jetzt aus erster Hand, daß die Türken unsere Erzfeinde sind.“

Wenn die Stimme des Adjutanten besorgt klang, so wußte Vera, daß das ihretwegen geschah. Sie hätte keine Frau sein müssen, um nicht zu bemerken, daß er sich von Tag zu Tag heftiger in sie verliebte. Ständig fand er neue Vorwände, um an ihrer Seite zu weilen, sich mit ihr zu unterhalten oder sie zu belehren. Und doch würde er ihr gegenüber nie von seinen Gefühlen sprechen, das wußte sie.

Dazu kannte er seine Stellung zu gut.

„Ich fragte Sie vorhin, ob Seine Königliche Hoheit eingewilligt hat, Madame Suleika aufzugeben“, wiederholte der Kapitän.

„Er hat es jedenfalls versprochen“, antwortete der Minister, wenn auch zögernd.

Der Premierminister und der Kapitän waren schon seit den Tagen ihrer Kindheit befreundet. Trotzdem wußte weder der Kapitän noch der Adjutant, daß zwischen dem Prinzen und Lady Vera bereits eine Eheschließung in Vertretung stattgefunden hatte. Das war ein streng gehütetes Geheimnis, das nur Veras engste Familie, Lord Castlereagh und der Earl of Liverpool kannten.

Wieder sprach der Adjutant.

„Wenn es nach mir ginge, würde ich auf der Stelle das Schiff wenden lassen und Lady Vera nach England zurückbringen. Können Sie sich eigentlich ihren Schock vorstellen, wenn sie erfährt, daß der Mann, den sie in ihren Träumen längst zu einem Helden erhoben hat, an eine Geliebte gefesselt ist, die von jedem respektablen Bürger unseres Landes verachtet und gehaßt wird?“

Mehr konnte Vera nicht ertragen. Sie schlich sich am Salon vorbei und rannte in ihre Kabine, wo sie sich auf das Bett warf und bitterlich weinte.

Das durfte einfach nicht wahr sein. Sie mußte sich die eben mit angehörte Unterhaltung eingebildet haben. Wie ein Kartenhaus brach ihre Traumwelt zusammen.

Nach einiger Zeit versiegten die Tränen, sie wurde ruhiger. Sie mußte sich Mühe geben, das Ganze zu vergessen. Alles würde in Ordnung kommen, wenn sie und Prinz Alexander sich trafen, versuchte sie sich einzureden.

Trotzdem lauerte Madame Suleika, wer immer sie sein mochte, ständig in ihrem Unterbewußtsein, wenn sie an den Prinzen dachte. Eine von Grund auf böse Frau hatte der Premierminister sie genannt.

War sie stark genug, das Böse zu besiegen? fragte sich Vera unsicher.

Sie war so tief in Gedanken versunken, daß sie zusammenfuhr, als der Graf sein Pferd plötzlich zügelte.

„Wir sind jetzt über drei Stunden geritten und sollten den Pferden eine kurze Rast gönnen. Dazu kommt, daß wir jetzt den schwierigsten Teil unserer Reise erreicht haben."

Er sprang vom Pferd. Da Vera nicht den Wunsch hatte, von seiner Hand berührt zu werden, glitt sie schnell zu Boden, bevor er Zeit hatte, ihr aus Höflichkeit zu Hilfe zu eilen.

„Begleiten Sie mich ein Stück", sagte der Graf. „Ich möchte Ihnen etwas zeigen."

Sie sah sich um. Der Baumwuchs war dünner geworden. Nach wenigen Schritten hörte er ganz auf. Der gleißende Sonnenschein tat Vera in den Augen weh. Unmittelbar zu ihren Füßen erstreckten sich nackte Felsen ohne eine Spur von Vegetation. Wie eine Barriere ragten sie hoch und fielen auf einer Seite steil ins Tal hinunter. Vera stand wie zur Salzsäule erstarrt. Eine solche Steinwüste konnte nur durch eine gewaltige Naturkatastrophe hervorgerufen worden sein.

Auf gleicher Höhe mit ihnen führte ein enger, gewundener Pfad mitten in den Felsen. Er schien kaum einem einzelnen Pferd Raum zu bieten. Direkt daneben gähnte der Abgrund.

„Ist das unser Weg?" fragte sie entsetzt.

„Wenn Sie Ihre Reise nach Djilas fortzusetzen wünschen, allerdings", antwortete der Graf ungerührt.

Ohne jeden Zweifel hatte er sie mit der Absicht hergeführt, ihr einen Schreck einzujagen. Das war ihm ohne Mühe gelungen. Dabei konnte er nicht einmal wissen, daß sie eine unüberwindliche Angst vor großen Höhen hatte, da sie nicht schwindelfrei war.

Als kleines Kind hatten ihre Schwestern sie einmal mit auf die Dächer von Salfont Castle hinaufgenommen. Sie kletterten unbeschwert auf den Türmchen und Mauervorsprüngen herum und hatten sie innerhalb kurzer Zeit vergessen.

Eine Stunde später fand man sie wie gelähmt vor Entsetzen wieder. Mit weit aufgerissenen Augen starrte sie in die Tiefe. Weiß und zitternd saß sie unbeweglich da, bis schließlich ihr Bruder sie auf seinen starken Armen in Sicherheit brachte.

Seit dieser Zeit galt es als Familienwitz, daß Vera in dieser Welt niemals „hoch steigen würde“. Sosehr man sie aber neckte, Vera konnte diese Angst nicht überwinden.

Der Graf beobachtete sie scharf.

„Falls Sie umkehren wollen, wäre jetzt der geeignete Zeitpunkt. Wenn wir einmal die Felsen hinter uns gelassen haben und auf der anderen Seite den Wald erreichen, ist es so gut wie zu spät“, sagte er.

Seine Stimme gewann an Überzeugungskraft.

„Sie können in Jeno übernachten. Morgen finden wir sicher ein Schiff, das Sie wenigstens nach Athen bringt. Dort können Sie sich wieder auf dem Schoner einschiffen, auf dem Sie hergekommen sind.“

Vera antwortete nicht sofort. Sie konnte den Blick nicht von dem schmalen Felssteig wenden. Würde sie das schaffen? Konnte sie einen Ritt an dem gähnenden Abgrund vorbei wagen? Wie sie inzwischen wußte, waren die Pferde sicher zu Fuß. Trotzdem konnten sie jederzeit stolpern, und was war dann?

„Seien Sie vernünftig und geben Sie auf“, fuhr der Graf fort. „Ich habe Ihnen ja eine schwierige Reise vorausgesagt. Leider ist diese Route zur Zeit die einzig sichere vor den Aufrührern.“

In diesem Augenblick wäre Vera lieber tausend Rebellen gegenübergestanden, als den Ritt über die Felsen anzutreten.

„Kehren Sie um“, beschwor er sie noch einmal. Er spürte ihre Furcht und hätte sie fast in Versuchung geführt.

Mit beinahe übermenschlicher Anstrengung überwand sie sich und sagte stolz: „Ich habe Ihnen bereits einmal erklärt, daß ich nach Djilas gelangen will. Ich sehe auch jetzt keinen Grund, meine Meinung zu ändern.“

Nach diesen Worten drehte sie sich um. Sie konnte den Anblick der Felsen nicht länger ertragen. Mit schnellen Schritten ging sie in den Schutz der Bäume zurück. Um sich abzulenken, sah sie den Pferden zu, die sich an dem spärlichen Gras gütlich taten.

Der Graf folgte ihr nicht auf dem Fuße. Vermutlich mußte er erst seinen Unmut überwinden, daß er bei dem Versuch sie umzustimmen, erneut gescheitert war.

Zwischen den Bäumen erspähte Vera ein Reh. Dabei fiel ihr wieder die Unterhaltung mit dem Adjutanten über die Tiere des Landes ein. Er hatte von Wildschweinen, Wildkatzen, Braunbären und Luchsen erzählt.

„Natürlich gibt es auch Adler", berichtete er. „Einige von ihnen werden sehr groß. Jeder Schäfer kann ein Lied davon singen, wie gefährlich sie im Frühjahr für die jungen Lämmer sind."

Der Graf ist nicht minder gefährlich, dachte Vera. Er tut alles, um mich das Fürchten zu lehren. Doch ihr Stolz ließ es nicht zu, ihm nachzugeben, geschweige denn ihn merken zu lassen, wie sehr sie sich tatsächlich ängstigte.

Ich darf nicht hinuntersehen, versuchte sie sich Mut zu machen. Dann wird nichts geschehen.

Und da ihr Pferd keine Führung brauchte und getreulich dem des Grafen folgte, schloß sie die Augen und betete wie ein Kind.

„Bitte, lieber Gott, laß mich kein Feigling sein. Und laß mich nicht hinunterfallen."

Vorsichtig öffnete sie nach einiger Zeit die Augen. Entsetzt sah sie, daß sich der Abgrund nur wenige Zentimeter neben den Hufen der Pferde befand. Sie senkte erneut die Lider und fuhr fort zu beten.

„Geht es Ihnen gut?" fragte der Graf und sah über die Schulter zurück.

Das Echo seiner Stimme hallte gespenstisch in den Felsen wider. Ihnen gut – Ihnen gut, kam es wie eine Geisterstimme zurück.

Sie vermochte nicht zu antworten. Sie konnte kein Wort über die Lippen bringen. Selbst ihre Gebete sagte sie lediglich im Herzen auf.

„Bitte lieber Gott, laß mich nicht hinunterfallen."

Eine Ewigkeit schien vergangen. Die Pferde trotteten dahin. Ihre Hufe klapperten über die losen Steine. Das Zaumzeug klirrte unnatürlich laut.

Vera hatte es längst aufgegeben, sich mutig zu stellen. Sie klammerte sich mit beiden Händen krampfhaft am

Sattelknopf fest. Vor Anspannung wagte sie kaum zu atmen. Als ihre Furcht sie fast zu ersticken drohte, sagte der Graf gleichmütig: „Wir haben es geschafft."

Vera öffnete vorsichtig die Augen. Sie konnte es fast nicht glauben, aber es entsprach der Wahrheit. Sie hatten die kahlen Felsen und den grellen Sonnenschein hinter sich gelassen und ritten wieder im Schatten der Bäume dahin.

Als sie jetzt tief Atem holte, merkte sie zu ihrem Entsetzen, daß sie jede Sekunde in Ohnmacht zu fallen drohte. Da packte sie den Sattelknopf so fest, daß ihre Fingerknöchel weiß vor Anstrengung wurden. Mit schwacher Stimme fragte sie: „Könnten wir einen Augenblick anhalten?"

„Natürlich", stimmte der Graf höflich zu.

Ohne abzuwarten, ob er vom Pferd sprang, glitt sie aus dem Sattel und ging über den moosigen Grund, bis sie sich außer Sicht glaubte. Einerseits zitterte sie vor Kälte, während ihr gleichzeitig Schweißperlen auf der Stirn standen.

Als sie ganz sicher war, daß er sie nicht mehr sehen konnte, sank sie halb bewußtlos zu Boden. Dabei streifte sie mit dem Kopf über den Boden.

Der Schmerz verscheuchte bis zu einem gewissen Grad ihre Übelkeit. Sie blieb eine Weile ruhig liegen und rollte sich dann auf den Rücken. Ohne es zu bemerken, hatte sie den Hut abgenommen, er lag jetzt neben ihr.

Tief ein- und ausatmen, beschwor sie sich innerlich. Wie kann man nur ein solcher Feigling sein? fragte sie sich gleich darauf. Warum konnte sie sich nicht wie ihre Schwestern benehmen, die wie die Gemsen kletterten und nicht die geringste Angst zeigten?

Während sie noch dalag und nach Luft rang, hörte sie Fußtritte. Durch ihr langes Ausbleiben beunruhigt, hatte sich der Graf auf die Suche nach ihr gemacht.

Mit äußerster Anstrengung setzte sie sich auf. Vor ihren Augen schwamm immer noch alles. Es kostete sie einige Mühe, wieder einen klaren Blick zu bekommen. Als der Graf zu ihr trat, wandte sie sich nicht nach ihm um.

„Wie fühlen Sie sich?" fragte er. Zum erstenmal klang in seiner Stimme eine gewisse Anteilnahme mit.

Ein Blick auf ihr totenblasses Gesicht genügte. Er zog eine Flasche aus der Tasche und füllte einen kleinen Silberbecher.

„Trinken Sie dies", sagte er. „Es wird Ihnen guttun."

Obwohl sie am liebsten abgelehnt hätte, fühlte sie sich dieser Anstrengung nicht gewachsen. Statt dessen streckte sie gehorsam eine Hand aus, die so stark zitterte, daß sie sie mit der anderen stützen mußte.

Als sie den kleinen Becher an die Lippen führte, verbrannte ihr der Brandy fast die Kehle.

„Trinken Sie aus", befahl der Graf.

Wieder gehorchte sie nur deshalb, weil es sie unendliche Mühe gekostet hätte, sich gegen seinen Willen aufzulehnen. Der Alkohol rann wie Feuer durch ihren Körper. Ihre Finger verloren das Zittern und waren nicht länger taub.

Der Graf stand wie ein Turm unbeweglich neben ihr. Sie glaubte nichts anderes, als daß er sich über ihre Schwäche lustig machte. Schließlich zwang sie ein paar Worte über die Lippen.

„Ich schäme mich sehr, Ihnen meine Schwäche eingestehen zu müssen, Ich fühle mich wie seekrank, oder sollte ich besser landkrank sagen? Mein Onkel, der Admiral, hat mir erzählt, daß er manchmal bis zu achtundvierzig Stunden brauchte, um nach einer langen Seefahrt wieder ins Gleichgewicht zu kommen."

Jeder einzelne Satz war ein Triumph und hatte sie die größte Anstrengung gekostet.

„Das kann ich gut verstehen", sagte der Graf ruhig. „Viele Menschen brauchen einige Zeit, um sich nach einer langen Seereise zu erholen. Lord Nelson ging es umgekehrt. Er wurde gewöhnlich seekrank, wenn er nach einem Landaufenthalt wieder an Bord seines Schiffes ging."

Vera gab dem Grafen den Silberbecher zurück.

„Es geht mir wieder gut", versicherte sie. „Ich nehme an, Sie wollen, daß wir unsere Reise so schnell wie möglich fortsetzen."

Während sie sich noch fragte, wie sie auf die Beine kommen sollte, beugte er sich herunter und half ihr auf die

Füße. Als er auch ihren Hut aufhob, bemerkte er plötzlich: „Sie haben sich an der Stirn verletzt."

„Ich glaube, ich bin gegen einen Baumast gestoßen", beeilte sie sich zu versichern.

„Anscheinend war er voller Sand", stellte er trocken fest.

Langsam führte er sie durch den Wald zu der Stelle zurück, wo die Pferde geduldig warteten.

„Fühlen Sie sich einem Weiterritt gewachsen?" fragte er besorgt. „Es ist nicht mehr weit bis zu dem Gasthof, wo wir die Nacht verbringen."

„Es geht mir wieder ganz gut", beteuerte Vera.

„Wollen Sie nicht Ihren Hut aufsetzen?"

Daß er ihn bisher in der Hand getragen hatte, war ihrer Aufmerksamkeit entgangen.

„Ich brauche ihn nicht."

„Dann werde ich ihn solange nehmen."

„Wenn es Ihnen keine Mühe macht."

„Keineswegs. Teilen Sie mir bitte mit, wenn Sie wieder eine Pause einlegen möchten."

„Der Brandy scheint mich kuriert zu haben", versicherte Vera. „Ich glaube, ich bin soweit ganz in Ordnung."

Dabei wagte sie nicht, ihn anzusehen, weil sie Angst hatte, er könne ihr Theaterspiel durchschauen. Er sollte um alles in der Welt nicht merken, daß sie fast in Ohnmacht gefallen wäre, nur weil sie nicht schwindelfrei war.

Er würde mich zurecht aus tiefster Seele verachten, dachte sie. Als sie sich wieder auf den Weg machten, stand die Sonne tief am Himmel. Der dichte Wald, der sie umgab, wirkte dunkel und geheimnisvoll.

Ganz unerwartet wichen die Bäume zurück und gaben den Blick auf ein Gebäude frei. Ihren Augen bot sich kein besonders ansprechendes Bild. Auf einer Lichtung stand ein aus rohen Balken gezimmertes Haus, dessen Dach von großen Steinen beschwert wurde. Das Ganze machte einen ziemlich verlassenen Eindruck. In den meisten Fenstern fehlten die Scheiben, die leeren Höhlen waren einfach mit Lumpen und alten Säcken verstopft worden.

Veras Gesichtsausdruck verriet so offensichtlich ihre Überraschung, daß der Graf erklärte: „Dieses alte Gasthaus wird nur von Holzfällern und ab und zu einem Jäger, der sich verirrt hat, aufgesucht. Leider ist es der einzige Platz weit und breit, wo man sein müdes Haupt zur Ruhe betten kann. Dabei muß ich zugeben, daß es nicht besonders einladend wirkt. Andererseits kann ich mir auch nicht vorstellen, daß Sie große Lust verspüren, in der Dunkelheit der Nacht nach Djilas weiterzureiten."

„Da haben Sie recht", erwiderte Vera. „Wenigstens bedeutet es ein Dach über dem Kopf."

Sie zwang sich zu einem zuversichtlichen Lächeln. Aus der Nähe besehen, wirkte das Anwesen noch ungemütlicher. Außerdem hegte sie den bestimmten Verdacht, daß es ziemlich schmutzig und verwahrlost war.

Der Graf stieg ab. Da Vera immer noch fasziniert das Haus anstarrte, erreichte sie nicht den Boden, bevor er sie vom Pferd hob.

„Wenn ich mich richtig erinnere, gibt es hinter dem Haus so etwas wie einen Stall, wo wir die Pferde lassen können", erklärte er.

„Ich begleite Sie", sagte Vera schnell.

Sie hatte nicht die geringste Lust, das Gasthaus allein zu betreten und womöglich ihre Anwesenheit erklären zu müssen.

Der Graf hatte mit seiner Annahme recht gehabt, wenn es auch kaum mehr als rohe Holzboxen waren, wo er die Pferde absattelte. In jeder stand ein Eimer Wasser. Die Tiere machten sich sofort mit offensichtlichem Appetit über das schon ziemlich verrottet aussehende Heu in den Trögen her.

„Sie sind an ein rauhes Leben gewöhnt", meinte der Graf lächelnd. Er legte außen an den Boxen einen hölzernen Riegel vor. „Wie steht es in dieser Beziehung mit Ihnen, Lady Vera?"

„Ich glaube, daß ich mich genauso gut behaupten kann wie sie", bemerkte Vera kühl.

Langsam verstärkte sich ihr Verdacht, daß es ihm Freude machte, wenn sie sich unbehaglich fühlte. Hoch erhobenen Hauptes rauschte sie vor ihm her. Wie wenig einladend das Gasthaus auch sein mochte, sie würde sich nicht beschweren.

Durch eine niedrige Tür traten sie in einen Schankraum mit einem großen, offenen Feuerplatz, in dem ein Balken leise verglühte. Zwei hölzerne Bänke standen zu beiden Seiten des Feuers. Am anderen Ende des Zimmers befand sich ein Tisch mit vier wackeligen Holzstühlen. Das war das ganze Mobiliar.

Eine ältere Frau in der Kleidung der Einwohner von Katona tauchte schlurfend im Hintergrund auf. Sie war unordentlich und schmutzig und glich nur wenig den attraktiven Frauen, die Vera in Jeno so bewundert hatte.

Ihre Schürze bedurfte dringend einer Wäsche. Ihr abgetragenes Kleid hatte dunkle Flecken unter den Armen, ihr graues Haar fiel ungekämmt und strähnig über den Rücken.

Als der Graf sie begrüßte, antwortete sie in einem Dialekt, von dem Vera nicht ein einziges Wort verstand. Wie es schien, war der Graf damit vertraut. Nachdem er sich geraume Zeit mit ihr unterhalten hatte, berichtete er mit spöttisch funkelnden Augen: „Schlechte Neuigkeiten, fürchte ich. Der Wirt befindet sich in den Wäldern auf der Jagd und wird auch heute nacht nicht mehr zurückerwartet. Seine Frau behauptet steif und fest, sie habe überhaupt nichts zu essen im Hause."

„Gar nichts?" fragte Vera verzagt. Sie war zwar noch nicht übertrieben hungrig, hätte aber gegen eine gelegentliche Mahlzeit nichts einzuwenden gehabt.

„So sagt sie jedenfalls", beteuerte der Graf. „Sie hält allerdings Hühner und ist bereit, eines zu schlachten und für uns zuzubereiten, damit wir es morgen mitnehmen können. Das dürfte aber einige Zeit in Anspruch nehmen."

„Wenn sie Hühner hat", stellte Vera fest, „müßten diese doch zumindest Eier legen."

„Das ist eine gute Idee."

Als der Graf wieder mit der Frau sprach, nickte diese eifrig mit dem Kopf.

Nach kurzem Zögern bat Vera: „Bitte bringen Sie die Frau nicht in Verlegenheit, aber könnten Sie nicht fragen, ob ich die Eier zubereiten darf? Erklären Sie ihr, daß ich nach der langen Schiffsreise einen schwachen Magen habe. Ich möchte ihre Gefühle wirklich nicht verletzen, würde aber am liebsten selbst kochen."

„Wollen Sie damit andeuten, daß es Sie stört, wenn die Gefühle der Frau verletzt würden?" fragte der Graf erstaunt.

„Natürlich. Sonst hätte ich wohl kein Wort darüber verloren", erwiderte Vera in ziemlich scharfem Ton. „Und jetzt wiederholen Sie bitte meine Worte."

Kopfschüttelnd gehorchte der Graf. Die Frau zuckte als Antwort lediglich die Achseln. Ihr war es offensichtlich gleichgültig, wer das Kochen besorgte.

Kurz darauf verließ sie das Zimmer durch eine Tür, die offenbar in die Küche führte. Als Vera ihr folgte, bestätigte sich ihr Verdacht. Alles starrte vor Schmutz. Der Tisch war schmierig, der ganze Raum roch übel, und über dem Herd hingen schwarz verbrannte Töpfe und Pfannen.

Gerade verließ die Frau mit einem Korb die Küche. Vermutlich begab sie sich auf die Suche nach Eiern.

Vera sah sich um und überlegte, wo sie anfangen sollte. Um sich einen Überblick zu verschaffen, folgte sie der Frau ins Freie. Wie sie nicht anders erwartet hatte, fand sie nicht weit vom Haus entfernt eine Wasserstelle. Ein Bach plätscherte in einem kleinen Wasserfall den Berg herunter und bildete einen Tümpel. Danach verschwand das Rinnsal zwischen den Bäumen.

Hier holte man sich offensichtlich aus dem Gasthaus das benötigte Wasser, soweit man überhaupt welches verwendete. Vera sah ein, daß sie einen Eimer zwar auf die Steine stellen konnte, daß er ihr in gefülltem Zustand aber zu schwer würde.

Sie begab sich in den Schankraum, wo der Graf damit beschäftigt war, Holzscheite von einem großen Haufen in der Ecke auf das Feuer zu legen.

„Leider brauche ich Ihre Hilfe", unterbrach sie ihn bei seiner Tätigkeit. „Ich muß mit einem Eimer Wasser holen, und das wird mir zu schwer."

„Mit einem Eimer?" wiederholte er erstaunt.

„Pfannen und Geschirr sind so schmutzig, daß man sie ohne eine gründliche Reinigung nicht benutzen kann“, erklärte sie.

Er sah sie sprachlos an. Dann verzog sich sein Gesicht zu einem Lächeln. Dabei veränderten sich seine Züge so stark, daß sie nicht länger furchterregend wirkten.

In der Küche übergab ihm Vera den schweren Holzeimer. An der Art, wie er sich dabei anstellte, konnte sie sehen, daß er nie zuvor ein solches Gerät in Händen gehalten hatte.

Auf der Rückseite des Hauses fanden sie eine blökende Ziege, die an einen Pfosten gebunden war. Um sie herum scharrten ein Dutzend junger Hühner auf einem Haufen von Gemüseabfällen und anderen übelriechenden Resten.

Vera ging zu dem kleinen Wasserfall voraus. Sie hatte aus der Küche eine geschwärzte Pfanne, etwas Sand, ein schmutziges Tuch und ein Messer mitgenommen.

„Würden Sie mir bitte den Eimer füllen, damit ich mich ans Werk machen kann?“ bat sie den Grafen.

Er tat, wie sie verlangte. Mit einem belustigten Zwinkern in den Augen sah er zu, wie sie die Pfanne mit Sand schrubbte und mit dem Messer ausschabte, bis sie einen Großteil des schmierigen Belages entfernt hatte. Mit ernsthafter Miene konzentrierte sie sich ganz auf ihre Arbeit. Die dunklen, langen Wimpern bildeten einen reizvollen Kontrast zu ihrer klaren Haut. Einzelne Sonnenstrahlen malten goldene Lichter auf ihr Haar. Eine leichte Brise ließ die Löckchen in ihrem Nacken tanzen.

Sie wirkte fast wie ein Nymphe oder eine kleine Göttin, die vom Olymp herniedergestiegen war, um die Menschen zu bezaubern.

Er konnte sich eine Bemerkung darüber nicht verkneifen. „Sind Sie wirklich aus Fleisch und Blut? Fließt rotes, lebendiges Blut in Ihren Adern? Die meisten Engländerinnen sind mir immer so kalt wie Eisberge erschienen.“

„Wie viele kennen Sie denn?“ fragte sie neugierig. „Wenn wir Ihnen kühl und reserviert erscheinen, so liegt das vermutlich daran, weil wir Selbstbeherrschung und Stolz besitzen.“

„Ich sprach nicht über die Engländer im allgemeinen“, wandte der Graf ein, „sondern von den Frauen Ihres Landes und im besonderen von Ihnen.“

„Aus welchem Grunde interessieren Sie sich für meine Gefühle?“

Veras blaue Augen suchten mißtrauisch nach einem unangenehmen Motiv hinter seinen Fragen.

„Es ist doch nur natürlich, daß ich mir Gedanken über die Frau mache, die mein regierender Fürst heiraten wird.“

„Ja, natürlich“, sagte Vera.

„Sie haben meine Frage nicht beantwortet. Fließt wirklich warmes Blut in Ihren Adern?“

„Ich verstehe nicht, was Sie meinen“, stotterte Vera verlegen.

„Doch. Das tun Sie ganz genau. Aber ich will es Ihnen trotzdem erklären. Sehnen Sie sich danach, zu lieben und geliebt zu werden? Kann ein Mann es bewirken, daß diese sanften Lippen schneller atmen? Können diese kühlen, blauen Augen vor Verlangen brennen?“

Vera glaubte, nicht richtig gehört zu haben. Ihre Wangen überzogen sich mit einem sanften Rot.

„Ihre Fragen kann ich nicht beantworten, Graf. Auch dann nicht, wenn Sie ein Recht darauf hätten, die Antworten zu erfahren.“

Er lachte leise.

Sie legte die Pfanne hin und wusch und wrang das mitgebrachte Tuch so lange aus, bis es sauber genug war, daß sie es benutzen konnte.

„Hätten Sie jetzt vielleicht die Freundlichkeit, mir den Eimer noch einmal zu füllen“, sagte sie eisig. „Ich würde mich gern heute abend vor dem Schlafengehen waschen.“

„Reinlichkeit über alles, so halten es die Engländer“, spöttelte er.

„Jedenfalls macht sie das Leben angenehmer“, gab sie kühl zurück.

„Natürlich, Madam.“ Er schien sich über ihre Bemühungen um etwas Zivilisation nur lustig zu machen.

„Vermutlich haben Sie nicht erwartet, für Ihre erste

Abendmahlzeit in Katona selbst abspülen und kochen zu müssen", bemerkte er.

„Da haben Sie recht", erwiderte Vera. „Ich lebte in der Vorstellung, mit Prunk und Pomp in einem feudalen Schloß bewirtet zu werden."

„Hätte Ihnen das gefallen?"

„Ich stelle es mir aufregend vor,im Mittelpunkt zu stehen."

Der Graf hob fragend die Augenbrauen.

„Ich habe fünf ältere Schwestern. Mein ganzes Leben lang mußte ich die Kleider tragen, aus denen sie herausgewachsen waren, im Wagen mit dem Rücken zu den Pferden sitzen und all die Dinge erledigen, zu denen sonst niemand Lust hatte."

Der Graf lachte.

„Und da haben Sie geglaubt, daß Ihre neue gesellschaftliche Stellung Ihnen endlich das bieten würde, wovon Sie bisher nur geträumt haben, Glanz und Anerkennung."

„Auf gewisse Weise, ja."

Veras Kopf war tief über die Pfanne gebeugt, die sie die ganze Zeit über polierte.

„Vielleicht wären Sie sehr enttäuscht", warnte der Graf.

„Warum sollte ich?"

„Wenn Sie eines Tages herausfinden, daß die Vorfreude oft schöner ist als die Erfüllung." Er machte eine Pause, dann fuhr er nachdenklich fort: „Man erzählt sich in Katona ein altes Märchen von einer Prinzessin, die hundert Jahre in ihrem verwunschenen Schlosse schlief. Eines Tages kam ein Prinz und weckte sie durch seinen Kuß."

„Das ist die Geschichte von Dornröschen", erklärte Vera eifrig. „Wir kennen sie in England auch."

„Ich habe mir manchmal gedacht", spann der Graf seinen Faden weiter, als ob er ihren Einwurf nicht gehört hätte, „daß es der Prinzessin vielleicht gar nicht recht war, sich wieder in der rauhen Wirklichkeit zurechtfinden zu müssen. Möglicherweise beklagte sie bitterlich den Verlust ihrer Träume."

„Aber sie verliebte sich doch in den Prinzen",

„Ist das Ihre Version? Vielleicht hat die Geschichte in Katona ein anderes Ende."

Vera überlegte. „Sie haben recht. Es könnte sein, daß der Prinz gar keine Lust hatte, sie zu küssen", sagte sie, ohne nachzudenken.

Wieder errötete sie. Wie konnte sie nur so indiskret sein und dem Grafen ihre geheimsten Gedanken verraten? Verlegen wandte sie sich ab.

Sie säuberte noch einmal ihr Tuch und wrang es fast wütend aus.

Als der Graf ihre Verwirrung bemerkte, wechselte er das Thema.

„Können Sie wirklich kochen?" fragte er.

„Diese Frage können Sie sich nach dem Essen selbst beantworten", gab Vera zur Antwort. „Ich muß allerdings zugeben, daß ich für eine solche Aufgabe eine bessere Ausrüstung vorzöge."

Der Graf hob den schweren Eimer und trug ihn zum Gasthaus zurück. Gerade erschien aus der anderen Richtung die Wirtin mit einem toten Huhn und einem Korb Eiern. Sie sagte irgend etwas Unverständliches, und der Graf übersetzte: „Die Dame des Hauses erklärt, sie habe eine alte Henne geschlachtet. Nicht einmal für den Prinzen selbst würde sie einen jungen Vogel opfern."

„Ich nehme an, daß Seine Königliche Hoheit über soviel Mangel an Patriotismus ziemlich enttäuscht wäre", meinte Vera lachend. „Wie wäre es übrigens, wenn Sie es sich jetzt im Gastzimmer vor dem Feuer bequem machten", schlug sie gleich darauf vor. „Wenn ich Ihre Hilfe noch einmal benötige, werde ich Sie rufen."

„Sie sind zu gütig", sagte er sarkastisch, folgte aber ihrem Rat.

Die Frau hatte über ein Dutzend Eier gefunden. Einige sahen allerdings reichlich alt aus, so daß Vera es vorzog, sie einzeln aufzuschlagen. Wie sie befürchtet hatte, waren sie faul.

Es dauerte nicht lange, als aus der Küche lautes Gelächter drang. Als Vera für einen Augenblick erschien, machte der Graf eine Bemerkung darüber.

„Sie scheinen sich da draußen ja gut zu amüsieren."

„Unsere Wirtin findet es außerordentlich komisch, wenn ich ein faules Ei finde und mir die Nase zuhalte", erklärte sie. „Wir kommen per Zeichensprache ganz gut miteinander aus.“

Sie hielt ihm etwas entgegen.

„Ich wüßte gern, welche von diesen Pilzen eßbar sind. Ich habe sie hinter dem Haus unter den Bäumen gefunden. Dort wachsen noch mehr. Leider habe ich das unbestimmte Gefühl, als ob die roten giftig wären.“

„Das sind sie in der Tat. Sie würden uns zwar nicht umbringen, aber vermutlich eine ziemlich unangenehme Nacht bereiten.“

„So ungefähr habe ich mir das vorgestellt. Wie steht es mit diesen?“

Sie hielt ihm zwei gelbe Pilze mit braunen Flecken hin.

„Die sind eßbar. Man verwendet sie hierzulande ziemlich häufig. Wenn sie gut zubereitet werden, schmecken sie vorzüglich.“

„Das soll wohl eine Herausforderung sein“, meinte Vera und verschwand wieder in der Küche.

Es war fast eine Stunde vergangen, da erschien sie mit einer Schüssel und zwei Tellern in der Hand. Sie stellte beides auf den Tisch und rannte zurück, um noch zwei Gabeln zu holen.

„Ich habe sie sauber geputzt“, versicherte sie. Dann teilte sie das Omelett mit einem Löffel und legte den größeren Teil dem Grafen auf den Teller.

„Essen Sie schnell, solange es heiß ist.“

Ihr Gesicht war vom Herdfeuer gerötet, das Haar kräuselte sich um ihre Stirn. Sie sah sehr jung und sehr lieblich aus. Einen Augenblick konnte der Graf den Blick nicht von ihr wenden.

Schon der erste Bissen zeigte, daß Veras Gericht delikat schmeckte. Sehr leicht und goldbraun auf der Außenseite, enthielt das Omelett eine Füllung aus dünnen, in Ziegenmilch gedämpften Pilzscheiben.

„Ich muß Ihnen gratulieren“, rief der Graf aus. „Ich hatte ja keine Ahnung, daß Sie eine so talentierte Köchin sind.“

„Daran ist ganz allein Mama schuld. Sie hat uns beigebracht, daß wir niemals von den Dienstboten etwas erwarten könnten, wozu wir nicht selbst fähig sind. Dazu kommt, daß mir Kochen ausgesprochen Spaß macht."

„Ich kann mir allerdings kaum vorstellen, daß der Küchenchef dieses Palastes Ihren Besuch in seinem Reich besonders schätzen wird", meinte der Graf.

„Es mag immer mal eine Gelegenheit geben, wo ich meine Künste anwenden kann", antwortete Vera.

Dabei dachte sie an die Ausflüge, die sie in Gedanken für sich und den Prinzen geplant hatte. Mit einem leisen Stich im Herzen machte sie sich klar, daß er dazu möglicherweise nicht die geringste Lust hatte.

Sie aß ihre Portion des Omelettes, nahm die leeren Teller und verschwand wieder in der Küche. Kurz darauf kehrte sie mit einer neuen Schüssel und zwei angewärmten, frischen Tellern zurück.

„Gibt es etwa noch einen Gang?" fragte der Graf

Er hatte inzwischen in einem Schrank ein paar Flaschen des einfachen Weines aufgestöbert, den die Bauern von Katona tranken, und schenkte für sich und Vera ein Glas ein.

„Leider ist die Speisekarte nicht besonders reichhaltig", sagte Vera lächelnd, wobei die Grübchen rechts und links von ihrem Mundwinkel zum Vorschein kamen. „Ich weiß nicht genau, wie sich das dunkle Brot zu einem so typisch englischen Gericht eignet, aber Sie können ja selbst probieren."

Sie stellte die Schüssel auf den Tisch. Ein angenehmer Geruch nach Käse breitete sich aus. Der Graf legte vor. Vera hatte in der Küche nicht nur Brot gefunden, sondern auch einen Laib Ziegenkäse, den die Wirtin offensichtlich schon vor längerer Zeit zubereitet hatte. Er war sehr hart. Sie schnitt ihn in feine Scheiben und fügte ein paar Zwiebeln bei. Das Ganze übergoß sie mit etwas Ziegenmilch. So hatte sie es fertiggebracht, eine Art englischen Käsetoast herzustellen. Sie sah den Grafen neugierig an, der gerade den ersten Bissen zu sich nahm.

„Sehr gut", bemerkte er. „Hoffentlich laden Sie mich eines Tages zum Essen ein, wenn Sie selbst kochen."

„Ziegenkäse und dunkles Brot lassen sich nicht besonders gut toasten", stellte sie kritisch fest. „Aber da ich hungrig bin, muß ich zugeben, daß es mir trotzdem schmeckt."

„Das kann ich nur bestätigen", sagte der Graf. „Mein Kompliment, Madam. Nur wenige Frauen, geschweige denn Prinzessinnen, dürften in der Lage sein, innerhalb so kurzer Zeit mit so dürftigen Hilfsmitteln eine so vorzügliche Mahlzeit auf den Tisch zu bringen."

Vera vergaß zum erstenmal ihre Abneigung ihm gegenüber.

„Ich danke Ihnen für Ihre freundlichen Worte. Wenn wir übrigens an einer Lebensmittelvergiftung sterben sollten, ist es wirklich nicht meine Schuld. Unglaublich, womit sich die Gäste dieses Hauses abfinden müssen."

„In der Regel sind die Einwohner von Katona sehr sauber", versicherte der Graf. „Nur ist dies ein so abgelegener Ort, daß kaum Reisende herkommen. Und die meisten Gäste begnügen sich mit einem Glas Wein."

„Ich kann mir auch nicht vorstellen, daß jemand hier essen will."

„Außer wenn Sie kochen", meinte der Graf.

„Dabei habe ich mir schon Gedanken gemacht, was ich tun sollte, wenn mich niemand abholen würde und mir das Geld ausginge. Ich sah mich schon im Geist Orangen pflücken oder Teller waschen. Jetzt merke ich erst, daß ich jederzeit eine Stellung als Köchin hätte annehmen können. Ich würde sehr gern einmal die Sauce aus Zitronensaft und Eiern ausprobieren, die man mir heute mittag servierte."

„Ich sehe schon, Sie sind außerordentlich praktisch veranlagt", stellte der Graf fest.

Vera lächelte.

„Ich wünschte wirklich, das wäre wahr. Wie oft hat mich Mama gescholten, weil ich ständig in Wolkenkuckucksheim lebte."

„Und womit beschäftigten Sie sich, wenn Sie sich dort aufhielten?" wollte der Graf wissen.

Draußen war inzwischen die Dämmerung hereingebrochen. Das Licht in dem Raum mit den schmutzigen Fenstern reichte nicht weit. Nur das flackernde Kaminfeuer verbreitete etwas Helligkeit. In dieser friedlichen Atmosphäre war es leicht, sich zu unterhalten, ohne in Streit zu geraten.

„Oh, mit so vielen Dingen“, sagte Vera unbestimmt.

„Erzählen Sie mir, worüber Sie nachgrübelten, als wir heute durch die Wälder ritten“, bat der Graf.

Wenn sie sich an die Wahrheit hielt, hätte Vera zugeben müssen, daß sie fast ständig an den Prinzen dachte. Nur war das kein Thema, über das sie mit dem Grafen zu diskutieren wünschte.

„Ich bewunderte die vielen wunderschönen Blumen. Dabei fragte ich mich, ob sie nicht genauso lebendig sind wie wir.“ Sie wählte ihre Worte sorgfältig. „Vielleicht ist es von uns Menschen grausam, sie zu pflücken. Es wäre doch immerhin möglich, daß sie darunter leiden, wenn sie von unserer Hand sterben müssen. Vielleicht ist das für sie nicht viel anders, als wenn wir umgebracht werden.“

Sie verstummte abrupt. Wie konnte sie unter allen Menschen ausgerechnet dem Grafen ihre geheimsten Gedanken enthüllen? Sie wartete auf seine spöttische Antwort wie auf einen körperlichen Schlag. Statt dessen sagte er ganz ruhig: „Es gibt Buddhisten, die an diese Philosophie glauben. Da sie es ablehnen, irgendeine Art Leben zu nehmen, pflücken sie auch keine Blumen.“

Mit leuchtenden Augen sah Vera ihn an.

„Und ich dachte, nur ich würde mir solche Dinge einbilden, die meine Familie immer abwegig fand.“

„Da die Menschen sich geistig fortentwickeln und klüger werden, entdecken sie auch dieselben fundamentalen Wahrheiten“, meinte der Graf. „Aber nicht alle Menschen haben dafür Verständnis.“

Vera dachte über seine Worte nach.

„Das gehört zu dem Nettesten, was man mir je gesagt hat“, sagte sie leise. Dann erhob sie sich. „Ich glaube, jetzt sollte ich besser gehen und mich um das Huhn für morgen kümmern“, sagte sie verwirrt und ging rasch in die Küche.

Es dauerte geraume Zeit, bis sie zurückkehrte. In der Zwischenzeit hörte der Graf von draußen laute Stimmen und Gelächter. Offensichtlich verstanden sich die beiden so verschieden gearteten Frauen vortrefflich.

Vera trat mit der Wirtin ins Zimmer. Diese trug eine brennende Wachskerze in der Hand.

„Sie will mir jetzt den Weg zu meinem Schlafzimmer zeigen“, erklärte Vera.

„Ich bringe Ihnen auch gleich Ihren Wassereimer hinauf.“ Der Graf begab sich in die Küche und kehrte kurz darauf zurück. Während sie hinter der Wirtin die enge Holzstiege erklommen, sagte der Graf: „Wissen Sie eigentlich, wie hoch Sie geehrt werden? Kerzen sind in diesem Teil der Welt eine Kostbarkeit. Im allgemeinen gehen die Menschen vor Einbruch der Dunkelheit schlafen.“

„Ich weiß es zu schätzen“, meinte Vera lächelnd.

Es gab hier oben nur zwei nebeneinanderliegende Schlafkammern mit einer nicht richtig schließenden Verbindungstür dazwischen. Als sich Vera in dem ihr angewiesenen Raum umsah, wurde ihr der Grund für die Kerze klar. Es war stockdunkel. Da die Scheibe in dem einzigen Fenster fehlte, hatte man die leere Höhle mit alten Säcken und Lumpen zugestopft, die weder Licht noch Luft hereinließen.

An einer Wand stand eine Bettstelle aus rohem, unpoliertem Holz, auf der anderen Seite ein Tisch mit einer Waschschüssel. Weiter gab es kein Mobiliar, nicht einmal einen Stuhl. Ein kurzer Blick zeigte Vera, daß Bettwäsche und Bettdecke nicht nur voller Löcher, sondern auch außerordentlich schmutzig waren.

Der Graf schüttete Wasser in die Waschschüssel und stellte den halbvollen Eimer daneben auf den Boden.

„Gute Nacht, Madam“, verabschiedete er sich höflich.

Während ihrer gemeinsamen Mahlzeit hatte sie ihre Abneigung zeitweilig ganz vergessen. Jetzt kehrte sie mit unverminderter Heftigkeit zurück. Vermutlich amüsierte er sich herzlich bei dem Gedanken, daß sie noch nie ein so verwahrlostes und schmutziges Zimmer bewohnt hatte. Es roch nach Staub, Dreck und dem Schweiß der Menschen, die vor ihr hier geschlafen hatten. Sicher wimmelte das Bett von Flöhen und Wanzen.

Die Wirtin stellte die Kerze auf den Tisch.

„Gute Nacht“, sagte sie lächelnd und versuchte einen Knicks.

„Gute Nacht und vielen Dank“, erwiderte Vera freundlich.

Das flackernde Kerzenlicht warf die merkwürdigsten Schatten an die Wand. Vera blickte voll Abscheu auf das Bett und wandte sich schnell ab. Schließlich riß sie sich zusammen und begann sich Gesicht und Hände zu waschen. Erst als sie schon naß war, sah sie sich nach einem Handtuch um. Sie nahm es hoch und ließ es wieder fallen, als ob sie sich verbrannt hätte. Nichts konnte sie dazu bewegen, es zu benutzen.

In ihrer Not zog sie ein Taschentuch hervor und rieb sich gerade das Gesicht damit ab, als es an der Türe klopfte.

„Wer ist da?“ rief sie nervös.

„Ich habe Ihnen Ihre Sachen aus der Satteltasche gebracht“, rief der Graf. „Vermutlich haben Sie sie vergessen.“

„O ja, das habe ich wirklich“, bestätigte Vera erleichtert. „Herzlichen Dank für Ihre Aufmerksamkeit.“ Sie öffnete die Tür und nahm ihm das Bündel ab.

„Gute Nacht, Madam“, wünschte er noch einmal und verbeugte sich leicht. „Hoffentlich verbringen Sie eine angenehme Nacht.“

„Ich kann nur hoffen, daß Sie sich ebenfalls einer ungestörten Nachtruhe erfreuen werden“, sagte sie mit ihrer süßesten Stimme und schloß die Türe hinter sich. Gleich darauf hörte sie ihn das angrenzende Zimmer betreten und darin herumgehen. Das Paket mit dem hübschen Nachtgewand und Kamm und Bürsten hielt sie fest an sich gepreßt. Sie hatte nicht die Absicht, sich in dieser schrecklichen Umgebung auszuziehen. Andererseits wurde ihr langsam kalt.

Nach einiger Überlegung faßte sie einen Entschluß. Vorsichtig setzte sie sich auf die Bettkante. Um ihrem Rocksaum die Berührung mit dem schmierigen Boden zu ersparen, legte sie den Umhang darunter. Dann wartete sie, bis aus dem Nebenzimmer kein Geräusch mehr zu hören war. Behutsam schlüpfte sie aus ihren Lederstiefelchen, raffte ihre Habseligkeiten zusammen und stahl sich aus dem Zimmer.

Die Stiefel in der Hand, Bündel und Umhang unter dem Arm, schlich sie die Treppe hinunter, wobei sie sich bemühte, jeden Lärm zu vermeiden. Unten angekommen, ging sie in das angenehm warme Gastzimmer. Da der Graf eine ziemliche Menge Holzscheite aufgetürmt hatte, brannte das Feuer noch. Vera legte sich auf eine der Holzbänke und deckte sich mit ihrem Umhang zu.

Nach einiger Zeit stellte sie fest, daß ihre Lage ohne Kopfkissen mehr als unbequem war. Sie stand noch einmal auf, um Holz nachzulegen, wobei sie sich ganz vorsichtig bewegte, damit niemand im Haus sie hören konnte. Schließlich zog sie ihre elegante Jacke aus, rollte sie zusammen und legte ihren Kopf darauf. Die Bank war immer noch ziemlich hart. Doch die Wärme des Kaminfeuers machte sie müde, und die Augen fielen ihr zu. Bevor sie es richtig bemerkte, war sie fest eingeschlafen.

Das Geräusch eines fallenden Holzscheites holte Vera ins Bewußtsein zurück. Als sie die Augen öffnete, stellte sie fest, daß sie nicht mehr allein im Raum war. Auf der anderen Seite des Feuers saß der Graf und beobachtete sie. Vera konnte sich des Gefühls nicht erwehren, daß sie von dem intensiven Blick seiner dunklen Augen erwacht war.

Einen Moment lang sah sie ihn verständnislos an, dann sagte sie mit schläfriger Stimme: „Ich habe von Ihnen geträumt. Sie verwandelten sich in einen Adler und retteten mich."

„In einen Adler?" fragte er erstaunt.

„Ich fiel in die Tiefe", murmelte sie, schloß die Augen und gab sich wieder ihren Träumen hin.

Als Vera erwachte, drang das erste Morgenlicht durch die schmutzigen Fensterscheiben. Einen Augenblick lang hatte sie Mühe, sich zu erinnern, wo sie sich befand. Dann fiel ihr Blick auf die verglühenden Holzscheite. Auf seiner Bank lag ausgestreckt der Graf und schlief.

Sehr vorsichtig, um ihn nicht zu wecken, erhob sie sich. Ihre Hüfte war von der harten Unterlage ganz taub. Trotzdem war ihre Müdigkeit verflogen. Der feste Schlaf hatte sie erquickt und mit neuer Energie erfüllt.

Auf dem Weg zur Tür blieb sie neben dem schlafenden Grafen stehen. Er hatte sein Halstuch abgenommen, sein Hemd stand offen.

Sie wandte sich ab. Einen schlafenden Menschen zu beobachten, schien ihr ein unerlaubter Einblick in seine Intimsphäre. Wie er so entspannt dalag, wirkte er plötzlich viel jünger und fast verletzlich. Das hängt wohl damit zusammen, daß seine Augen geschlossen sind, dachte sie. Den schweren Umhang über dem Arm, in der anderen Hand ihr Bündel, schlich sie sich zur Treppe. Die Stufen knarrten ein bißchen unter ihren Füßen. Oben angekommen, warf sie einen Blick zurück. Der Graf rührte sich nicht. Dann trat sie in ihr wenig einladendes Zimmer.

Es roch fast noch schlimmer als gestern abend. Als erstes zog Vera mit spitzen Fingern die Lumpen vor dem Fenster weg und ließ frische Luft und die ersten Sonnenstrahlen herein.

Sie wollte ihr Äußeres wenigstens einigermaßen in Ordnung bringen, bevor sie sich wieder auf den Weg machten. Sie wollte nicht, wenn sie heute nach Djilas kamen, aussehen wie eine Landstreicherin.

Sie zog sich aus, wobei sie sich wieder bemühte, ihr Reitkleid nicht mit dem Boden in Berührung kommen zu lassen. Dann wusch sie sich von Kopf bis Fuß mit dem von gestern abend übriggebliebenen Wasser. Anschließend trocknete sie sich mit ihrem Nachthemd ab. Irgend jemand würde ihr in Djilas sicher ein Nachthemd leihen, dachte sie vertrauensvoll.

Dann zog sie sich wieder an. Sie bürstete ihr Haar sorgfältig und steckte es mit Hilfe einer kleinen Spiegelscherbe an der Wand, so gut sie es unter den gegebenen Umständen vermochte, hoch. Wenigstens sah sie jetzt wieder einigermaßen ansehnlich aus. Ein Tupfen Puder auf die Nasenspitze, und sie war fertig.

Unten war sie nicht weiter überrascht, das Gastzimmer leer zu finden. Der Graf kam gerade aus der Küche, wo er sich offensichtlich rasiert hatte. Das Halstuch lag wieder formvollendet um seinen Hals.

„Sie sind früh aufgestanden“, begrüßte er sie.

„Ich wollte mich gründlich zurechtmachen.“

„Sie sehen wirklich sehr elegant aus“, sagte er. Ob das als Kompliment oder Kritik gedacht war, konnte sie nicht entscheiden. Im Grunde genommen war es ihr auch gleichgültig.

Die Wirtin stand vor dem Herd und kochte Eier für das Frühstück. Vera war zu spät gekommen, um sie daran zu hindern. Als sie später bemerkte, daß sie steinhart gekocht waren, schien es ihr nicht der Rede wert, sich darüber aufzuregen.

Am Abend hatte sie der Wirtin gezeigt, wie sie das alte Huhn zubereiten sollte. Jetzt war das Fleisch zart und wirkte nicht unappetitlich. Die Zwiebeln und die Milch, die Vera der Kochbrühe zugefügt hatte, hatten dem Vogel wenigstens einigen Geschmack verliehen. Vera löste sorgfältig das Fleisch von den Knochen. Da sie nichts Sauberes zum Einwickeln fand, nahm sie das Papier, das sie bisher für ihr Nachtgewand benutzt hatte.

Es gab nicht das geringste, womit sie ihre Hühnermahlzeit vervollständigen konnten. Sie hoffte sehr, daß sie wieder an Orangenbäumen vorbeikamen oder irgendwelche anderen eßbaren Früchte auftreiben konnten.

Der Graf verzehrte eilig die hartgekochten Eier und ein Stück dunkles Brot. Wenn er auch nichts sagte, so merkte Vera doch, daß er möglichst schnell aufbrechen wollte.

„Wie weit werden wir es heute schaffen?“ fragte sie.

„Das hängt davon ab. Ich habe diesen Weg längere Zeit nicht benutzt und kenne seine Beschaffenheit nicht. Schnee und Hochwasser verändern ihn von Jahr zu Jahr, so daß man ihn manchmal fast nicht mehr findet.“

Wieder schien er sie entmutigen zu wollen. Nachdem er die Pferde vor das Haus gebracht hatte, war sich Vera ihrer Sache sicher.

„Wollen Sie bestimmt nicht umkehren, Madam?“ fragte er drängend.

Möglicherweise wollte er sie lediglich auf die Probe stellen. Sie ließ sich nichts anmerken und sagte ernsthaft: „Ich habe die feste Absicht, so bald wie möglich Djilas zu erreichen, das wissen Sie doch.“

Der Graf bezahlte die Wirtin, die über das ganze Gesicht strahlte und sich bedankte.

Vera streckte freundlich die Hand aus.

„Meinen herzlichsten Dank“, versuchte sie sich mit ihren mangelhaften Sprachkenntnissen verständlich zu machen. Als die Frau daraufhin eine Frage stellte, sah Vera den Grafen an, damit er für sie übersetzte.

„Unsere Gastgeberin möchte wissen, ob Sie eine angenehme Nacht verbracht haben.“

„Wollen Sie ihr bitte mitteilen, daß ich sehr gut geschlafen habe.“

Er hob die Augenbrauen.

„Wie man sich doch täuschen kann. Ich habe Sie bisher für einen wahrheitsliebenden Menschen gehalten“, sagte er spöttisch.

„Aber es entspricht der Wahrheit“, wehrte sie ab. „Wie Sie selbst wissen, habe ich sehr gut geschlafen.“

Offensichtlich wiederholte er wortgetreu, was sie gesagt hatte. Die Wirtin klatschte zufrieden in die Hände, knickste und wünschte ihnen eine angenehme Reise. Sie winkte hinter ihnen her, und Vera winkte zurück, bis sie die Frau nicht mehr sehen konnte.

„Sie hat schließlich ihr Bestes getan“, sagte sie wie zu sich selbst.

„Anscheinend beurteilen Sie andere Menschen ausgesprochen großzügig“, bemerkte der Graf.

„Wie sollte ich nicht. Was wirklich zählt, ist die Mühe, die sich jemand gibt. Das Resultat spielt gar keine so große Rolle. Es ist ein Fehler, zuviel von den Menschen zu erwarten.“

„Mit dieser Einstellung schützen Sie sich wohl vor allzu herben Enttäuschungen“, meinte der Graf leicht ironisch.

Vera gab keine Antwort. Sie war sich darüber im klaren, daß sie bei ihrer Ankunft in Djilas auch von Prinz Alexander nicht zuviel erwarten durfte. Es konnte gut sein, daß sie ihm bei ihrem ersten Zusammentreffen gar nicht gefiel. Wenn sie es aber erst einmal fertigbrachte, mit ihm so etwas wie Freundschaft zu schließen, konnte vielleicht eines Tages auch noch die Liebe kommen. Am schlimmsten stellte sie sich vor, ohne Liebe heiraten zu müssen. Der Gedanke daran ließ ihr Herz sinken.

Die Sonne stieg langsam höher. Ein heißer Tag schien

vor ihnen zu liegen. Vera löste ihre Hutbänder und balancierte den Hut vor sich auf dem Sattel. Als ihr dies zu unbequem wurde, knotete sie die Bänder an den äußersten Enden zusammen und ließ den Hut über den Rücken hängen. Die weißen Lederhandschuhe steckte sie in die Jakkentasche.

Sie mußte unwillkürlich daran denken, was ihre Mutter wohl über ihren unkonventionellen Aufzug sagen würde. Aber hier unter den Bäumen konnte sie schließlich niemand sehen, tröstete sie sich. Schicklichkeit hin oder her, wenn es ihr zu heiß werden würde, wollte sie auch noch die Jacke ausziehen. Langsam begann sie den Grafen zu verstehen, daß er es bequemer fand, ohne Halstuch herumzulaufen.

Es dauerte nicht lange, da war Vera wieder in ihren Tagträumen versunken. Die Welt um sie herum existierte nicht mehr.

Sie wußte nicht, wie lange sie geritten waren, als der Graf die Pferde zum Stehen brachte.

„Ich glaube, wir sollten unser Huhn verspeisen, bevor es in der Satteltasche noch älter wird.“ Er stieg ab und half ihr vom Pferd. Vera mußte zugeben, daß auch sie ein leises Hungergefühl verspürte.

Die Bäume standen hier ziemlich weit auseinander. Überall fiel Sonnenschein durch die Zweige, und der Boden war mit Gras und Blumen bedeckt. Mitten dazwischen standen viele kleine rote Erdbeeren. Als Vera sie entdeckte, rannte sie aufgeregt wie ein Kind darauf zu und bückte sich. Die erste Frucht, die sie probierte, schmeckte süß und sonnenwarm. Vera pflückte eine Handvoll und brachte sie dem Grafen, der mit dem Rükken an einen Baumstamm gelehnt auf dem Boden saß. Er wickelte gerade die Hühnerstücke aus.

Vera zeigte ihm begeistert ihren Fund.

„Später werde ich noch mehr Erdbeeren suchen. Sie wachsen hier überall in rauhen Mengen. Zuerst wollen wir aber unser Huhn verspeisen“, meinte sie und setzte sich neben ihn auf den Boden.

„Wenn ich besser beschlagen wäre, hätte ich zweifellos irgendwo einen wilden Salat auftreiben können“, sagte der Graf bedauernd. „Leider ist meine Bildung, soweit es sich um die Flora meines Heimatlandes handelt, ziemlich vernachlässigt worden."

„Ich habe mir vorgenommen, mich gleich nach meiner Ankunft mit den hier wachsenden Kräutern vertraut zu machen", fuhr Vera fort.

„Und warum das?"

„Mama versteht sehr viel von Kräutern, Arzneien und Salben", erwiderte Vera. „Wir haben zu Hause einen großen Küchengarten, um den sie sich weitgehend selbst kümmert."

Sie biß von einem Hühnerstück ab. „Dieses Fleisch hätte man zum Beispiel geschmacklich sehr verbessern können, wenn ich Basilikum gefunden hätte. Wie man das Gewürz in Ihrer Sprache nennt, weiß ich leider nicht."

„Da sollten Sie besser ein Kochbuch zu Rate ziehen. Ich kenne mich da nicht aus."

„Gibt es im Palast eine große Bibliothek?"

„Eine ziemlich umfassende sogar. Der Vater Seiner Königlichen Hoheit war ein begeisterter Leser und sammelte Bücher, wo er sie finden konnte."

„Das ist ja wunderbar", rief Vera aus. „Zuerst muß ich mich allerdings in Ihrer Sprache vervollkommnen."

„Sie haben offensichtlich die feste Absicht, sich hier häuslich niederzulassen", bemerkte der Graf.

Sie errötete und sagte dann ärgerlich: „Haben Sie immer noch im Sinn, mich nach England zu verfrachten? Sie sind wirklich ein beharrlicher Mensch. Aber ich muß Sie warnen, ich bin es nicht minder. Nichts und niemand wird mich dazu bringen, freiwillig Katona zu verlassen."

„Wirklich nichts?" wollte der Graf wissen.

„Nur wenn der Prinz persönlich darauf bestehen sollte. Halten Sie es übrigens für möglich, daß die Aufständischen ihm nach dem Leben trachten?"

Der Graf hob die Schultern.

„Würde Sie das sehr betrüben?"

„Wie können Sie so etwas fragen?" rief Vera empört. „Ich wäre natürlich außer mir." Wieder hatte sie das Gefühl, daß er absichtlich alles tat, um sie aus der Fassung zu bringen.

„Warum? Nur weil Sie einen Ehemann verlören, den Sie nicht kennen und noch nie gesehen haben?“

Jetzt fing sie an, wütend zu werden. „Finden Sie nicht, daß Sie sich wieder einmal um Sachen kümmern, die Sie nichts angehen?“ fragte sie eisig. Sie versuchte, ihre Haltung zu bewahren.

Seine Augen glitzerten belustigt.

„Sie nehmen die Dinge viel zu ernst, Madam“, versicherte er.

„Ich gebe mir lediglich alle Mühe, mich korrekt zu benehmen, obwohl Sie mir dies allerdings nicht gerade leichtmachen.“

„Dann muß ich mich wirklich in aller Form bei Ihnen entschuldigen“, sagte er bedauernd. Ausnahmsweise schien er sich einmal nicht über sie lustig zu machen.

Mit abgewandtem Gesicht sagte sie: „Können Sie sich eigentlich gar nicht vorstellen, in welcher Lage ich mich befinde. Ich fühle mich einsam und habe ein bißchen Heimweh. Als das Schiff davonsegelte, spürte ich, wie das letzte Band zwischen England und mir zerriß. Ich hätte am liebsten geweint und habe mich nur mühsam zusammengenommen. Und jetzt gebe ich mir solche Mühe, alles in Katona liebzugewinnen. Es soll doch meine zukünftige Heimat werden.“ Ihre Stimme zitterte ein bißchen.

Da sagte der Graf in einem Ton, dessen er sich ihr gegenüber noch nie bedient hatte: „Sie müssen wir verzeihen, wenn mein Benehmen die Dinge für Sie schwerer gemacht hat als notwendig.“

Vera war noch nie nachtragend gewesen. Wenn sich jemand für etwas, was er getan oder gesagt hatte, entschuldigte, war für sie die Sache erledigt. Jetzt lächelte sie den Grafen ein wenig scheu an und erhob sich.

„Ich werde noch mehr Erdbeeren sammeln“, sagte sie heiter. „Damit wir zumindest ein Dessert haben.“

Er blickte ihr sinnend nach, als sie den Schatten der Bäume verließ und zu der sonnenbeschienenen Stelle mit den vielen blühenden Blumen ging. Zu ihrer Begeisterung sah sie zwischen den grünen Blättern unzählige der roten Früchte.

Als sie so viele gepflückt hatte, daß sie keine mehr tragen konnte, beschloß sie, dem Grafen ihre reiche Ernte zu bringen. Sie hatte sich bei ihrer Beerensuche ein ganzes Stück von ihm entfernt und stand auf einem kleinen Plateau. Hinter ihr fiel der Abhang ziemlich steil nach unten.

Plötzlich hörte sie im Gras ein merkwürdiges Geräusch. Als sie hinuntersah, entdeckte sie zu ihrem Entsetzen eine züngelnde, schwarze Schlange. Sie erstarrte zu Eis. Zurück konnte sie nicht, da war der Abhang. Andererseits schien es ihr unmöglich, an der Schlange vorbeizukommen, ohne daß diese sich auf sie stürzte. Unwillkürlich stieß sie einen Schreckensruf aus. Im selben Moment war der Graf auf den Füßen.

„Was ist los?“ rief er.

Die Schlange zischte angriffslustig. Vera fürchtete, daß schon das leiseste Geräusch sie dazu bringen würde, sich auf sie zu stürzen. Das Reptil war ihr so nahe, daß sie die einzelnen Schuppen erkennen konnte. Jeden Moment konnte es auf sie losgehen.

Der Graf kam mit schnellen Schritten zum Waldrand gelaufen und erkannte mit einem Blick die Gefahr, in der sie schwebte. Blitzschnell rannte er zu seinem Pferd und riß etwas, das sie nicht erkennen konnte, aus der Satteltasche.

„Bewegen Sie sich nicht. Bleiben Sie ganz ruhig stehen“, befahl er.

Beim Klang seiner Stimme wandte die Schlange den Kopf. Ein Schuß ertönte. Der Graf hatte das Tier mit seiner Pistole zur Strecke gebracht. Die Explosion hallte noch einige Zeit in den Bergen wider.

Obwohl der Kopf des Reptils zerschmettert war, zuckte der Leib noch eine Weile. Ohne darauf zu achten, trat der Graf über das Tier, hob sie hoch und stellte sie auf der anderen Seite wieder hin. Dabei sah er forschend in ihr totenblasses Gesicht.

„Ist alles in Ordnung?“ fragte er. „Oder hat die Schlange Sie etwa gebissen?“

Sie schüttelte den Kopf. „Nein, das war nur der Schreck. Es geht gleich wieder“, stammelte Vera. Sie wandte sich ab, um den zuckenden Leib nicht länger sehen zu müssen. Ich darf keine Gemütsbewegung zeigen, beschwor sie sich innerlich. Wenn ich nicht ruhig bleibe, wird er mich für hysterisch halten, daß ich mich vor einer Schlange fürchte.

Immer noch dröhnte ihr der Pistolenknall in den Ohren. Sie lief zu ihrem Pferd, lehnte die Stirn dagegen und hielt sich am Sattel fest. Der Graf folgte langsamen Schrittes.

Aus seiner Satteltasche zog er einen roten Seidengürtel, wie ihn die Bewohner von Jeno getragen hatten. Als er jetzt die Pistole hineinsteckte, wußte sie, wozu er diente.

„Ich hätte wirklich daran denken müssen, daß es zu dieser Jahreszeit hier Schlangen gibt“, sagte er ärgerlich. „Es war unverantwortlich leichtsinnig von mir, Sie ohne Warnung herumwandern zu lassen und selbst keine Waffe zu tragen. Aber ich verspreche Ihnen feierlich, daß ich jetzt besser aufpassen werde und daß so etwas nicht wieder vorkommt.“

„War die Schlange giftig?“ fragte Vera mit, wie sie hoffte, ruhiger Stimme.

„Leider ja. Sehr sogar“, erwiderte der Graf. „In Katona gibt es eine Menge Schlangen, von denen ein Großteil harmlos ist. Ein Biß von einer schwarzen wie dieser dürfte allerdings tödliche Folgen haben.“

Er hob sie in den Sattel.

„Ich glaube, wir sollten uns in Richtung Zivilisation auf den Weg machen. Vom einfachen Leben haben wir in den letzten Stunden so viel genossen, daß es für einige Zeit ausreichen dürfte.“

In schnellem Tempo ritten sie weiter. Hier lagen zwischen den Bäumen viele Felsen. Nach einiger Zeit fiel Vera auf, daß der Graf sich wiederholt umsah, als ob er etwas suchte. Da der Pfad breiter geworden war, lenkte sie ihr Pferd neben ihn.

„Wonach schauen Sie sich eigentlich dauernd um?“ wollte sie wissen.

„Nach nichts Bestimmtem“, antwortete er. „Es ist nur nicht ratsam, in dieser Gegend zuviel Aufmerksamkeit auf sich zu lenken. Sie hat keinen sehr guten Ruf. Den Pistolenschuß vorhin dürfte man meilenweit gehört haben.“

„Was meinen Sie mit ‚keinen sehr guten Ruf‘?“ fragte Vera. Kaum hatte sie ihre Frage ausgesprochen, als sie eine Anzahl Männer durch die Bäume und das Gebüsch auf sie zukommen sah. Die Hand des Grafen fuhr zur Pistole. Doch als er feststellte, daß sie ihm an Zahl weit überlegen waren, ließ er sie stecken.

Die Männer kamen immer näher. Sie waren in grobe, weiße Baumwollgewänder gekleidet, über denen sie weite Mäntel aus Schafpelz trugen. Sie waren barhäuptig, hatten wirres, fettiges Haar und lange, verfilzte Bärte. In den Händen schwangen sie drohend kurze Knüppel, und in ihren Gürteln steckten lange Messer.

Binnen kürzester Zeit hatten sie den Grafen und Vera in die Mitte genommen.

„Was wollen Sie von uns?“ fuhr der Graf sie herrisch an.

Der Anführer antwortete in einem Dialekt, von dem Vera kein Wort verstand. Was immer er auch sagen mochte, der Graf protestierte. „Wir sind harmlose Reisende und verlangen, in Frieden weiterreiten zu dürfen.“

Darauf schien der Mann eine ziemlich grobe Antwort zu geben. Trotz ihrer Angst war Vera fasziniert von seiner Häßlichkeit. Eine tiefe Narbe zog sich schräg über seine rechte Wange bis zum Mundwinkel, und er schielte auf beiden Augen so stark, daß er schon fast grotesk aussah.

Einer der Männer packte Veras Pferd am Halfter, ein zweiter tat dasselbe mit dem Tier des Grafen.

„Was geschieht jetzt mit uns?“ fragte Vera mit ängstlicher Stimme.

„Die Männer bestehen darauf, uns zu ihrem Hauptmann zu bringen“, erklärte der Graf. „Es sind Räuber“, fuhr er grimmig fort. „Ich fürchte, es bleibt uns nichts anderes übrig, als ihrer Forderung Folge zu leisten.“

Die Männer zogen schmutzige Taschentücher aus ihren Gürteln. Als einer von ihnen neben Vera trat, schrak sie schon bei dem Gedanken an seine Berührung zurück. Der Graf sagte schnell ein paar scharfe Worte und nahm das Halstuch von seinem Nacken.

„Wir müssen uns die Augen verbinden lassen“, erklärte er. „Ich habe aber gesagt, daß Sie meine Frau sind und niemand außer mir Sie anrühren darf.“

Ohne abzusitzen, beugte er sich im Sattel vor, legte ihr sein Halstuch über die Augen und knotete es an ihrem Hinterkopf fest.

„Versuchen Sie, sich nicht allzusehr zu fürchten", sagte er mit weicher Stimme.

Vera taten seine Worte gut, und sie hatte das Gefühl, daß er doch nicht so hart war, wie er sich meistens gab.

Sie nahm an, daß ihm ebenfalls die Augen verbunden wurden. Jemand nahm ihre Pferde am Halfter, und sie bewegten sich vorwärts.

Die Männer schwiegen während des ganzen Weges, und ihre steinerne Ruhe wirkte beunruhigender als alles andere. Wenn sie geredet hätten, wäre es Vera vielleicht möglich gewesen, das eine oder andere Wort aufzuschnappen. So konnte sie nichts anderes tun als auf Gott vertrauen.

Sie bewegten sich in gleichmäßigem Tempo ständig bergan. Dabei ritten sie im Zickzack, wohl um die im Wege stehenden Bäume zu vermeiden. Nach ungefähr einer halben Stunde merkte Vera, daß sie den Baumwuchs hinter sich zurückließen. Die Hufe der Pferde klapperten jetzt über nackte Felsen.

Wenn der Graf auch kein Wort zu ihr sagte, so war sie sich doch seiner wohltuenden Gegenwart stets bewußt. Einmal hörte sie, wie er eine Unterhaltung mit dem Anführer begann, der sie leider nicht folgen konnte. Mehrmals wurde ein Wort erwähnt, das sie kannte: Geld. Sie nahm daher an, daß der Graf Lösegeld für ihre Freiheit anbot.

Der Räuber antwortete kurz und scharf. Vermutlich berief er sich darauf, daß das nur ihr Hauptmann entscheiden könne.

Es ging weiter bergan. Die Sonne brannte heiß auf Veras Kopf. Sie war froh, daß sie ab und zu eine kühle Brise spürte, die von den Berggipfeln kommen mußte.

Die Stunden vergingen, und sie ritten immer noch. Endlich ertönte ein scharfes Kommandowort, und die Pferde blieben stehen. Starke Hände zogen Vera aus dem Sattel. Unentschlossen wartete sie darauf, die Augenbinde abnehmen zu dürfen. Volller Erleichterung hörte sie die Stimme des Grafen. „Geben Sie mir Ihre Hand."

„Wird man uns etwas antun?“ fragte sie. Ihre Finger zitterten.

„Ich hoffe nicht“, sagte er ruhig.

Dabei konnte sie sich des Gefühls nicht erwehren, daß ihre Lage keineswegs rosig war und er sie lediglich beruhigen wollte.

Sie wurde immer noch mit verbundenen Augen vorwärts geführt und ertastete sich mühsam mit den Füßen ihren Weg. Innerlich schickte sie ein Stoßgebet zum Himmel, nicht zu stolpern oder gar zu fallen. Endlich hörte sie die erlösenden Worte: „Wir dürfen unsere Augenbinden abnehmen.“

Vera riß sie sich förmlich herunter, um endlich wieder sehen zu können. Sie befanden sich in einer riesigen, in den Fels gehauenen Höhle. Diese erhielt ihr Licht nur durch den in einiger Entfernung liegenden Eingang und ein paar brennende Fackeln.

Vera war starr vor Entsetzen. Sie und der Graf standen mitten im Raum. Um sie drängten sich dreißig oder vierzig Männer und Frauen, deren einfache Kleidung derjenigen ihrer Entführer ähnelte. Zwischen die Erwachsenen mischten sich kleine, dunkelhaarige, ungesund aussehende Kinder. Die Frauen unterschieden sich in der Aufmachung so wenig von den Männern, daß Vera sie nur schwer auseinanderhalten konnte. Eines hatten sie alle gemeinsam: sie waren schmutzig.

Ihr Hauptmann war auffallend groß, er überragte die meisten seiner Leute um Haupteslänge. Außerdem wirkte er älter als seine Untergebenen. In seinem Haar zeigten sich bereits graue Strähnen, aber seine Augen blickten scharf und durchdringend. Das Gesicht trug die Narben vieler überstandener Kämpfe, seine gebrochene Nase war schief angeheilt.

Er sprach mit rauher und unwirscher Stimme, während der Graf ruhig und beherrscht antwortete. Wieder einmal mußte er erklären, daß sie lediglich friedliche Reisende waren, die kein anderes Bestreben hatten, als ihren Weg ungestört fortzusetzen. Dabei machte er eine Handbewegung in ihre Richtung. Offensichtlich stellte er sie als seine Frau vor.

Nachdem sich der Hauptmann die Rede mit unbewegter Miene angehört hatte, machte er eine Bemerkung, über die er selbst am lautesten lachte, während der Graf ernst blieb. Nach einer kurzen Pause wandte sich der Anführer an seine Gefolgsleute. Sie tuschelten miteinander. Die Atmosphäre in der Höhle war gespannt. Der eine oder andere legte die Hand ans Messer.

Der Graf sprach drängender. Er drohte, forderte, schließlich schien er sogar zu flehen. Wieder verstand Vera das Wort Geld.

Offensichtlich interessierte sich der Hauptmann nicht dafür. Als die Unterredung geraume Zeit gedauert hatte, bat der Graf darum, Vera informieren zu dürfen. Der Hauptmann nickte.

Als sich der Graf jetzt ihr zuwandte, erhaschte sie einen Ausdruck in seinen Augen, der sie erbeben ließ.

„Was wollen die Leute mit uns anfangen?" fragte sie.

„Ich muß auf alle Fälle sterben", erwiderte er. „Die Räuber sind der Meinung, daß wir ihr Hoheitsgebiet verletzt haben, und das sollen wir büßen."

Als sie kein Wort hervorbrachte, fuhr er fort: „Ihr Leben ist man bereit zu schonen, wenn Sie die Frau – was eine höfliche Umschreibung ist – des Anführers der Gruppe werden, die uns gefangengenommen hat. Er ist übrigens der Bruder des Hauptmanns."

Vera konnte nicht fassen, was ihr geschehen sollte. Als sie sich das Bild des schielenden Mannes mit der Narbe vor Augen rief, sagte sie mit einer Stimme, die merkwürdigerweise nicht zitterte: „Werden Sie mich töten?"

Das war mehr eine Feststellung als eine Frage. Er sah ihr tief in die Augen, als er sagte: „Selbstverständlich."

„Wie wollen Sie das bewerkstelligen?" fragte Vera.

„Man hat mir zwar meine Pistole weggenommen, aber mein Messer steckt noch im Gürtel."

Sie holte tief Luft. „Es gibt eine Stelle, ich glaube, genau zwischen den Brüsten", flüsterte sie.

„Das ist mir bekannt", sagte er ruhig.

„Ich würde es vorziehen, vor diesen Menschen nicht zu schreien."

„Natürlich nicht", versicherte er.

So etwas konnte einfach nicht passieren, dachte sie, das gab es nur in Büchern. Zu ihrem größten Erstaunen war sie vollkommen ruhig. Ihr war, als ob der Schock ihre Gefühle betäubt hätte. Es war ihr beinahe gleichgültig, daß sie sterben sollte.

„Ich werde darum bitten, mich von meiner Frau verabschieden zu dürfen", begann der Graf. „Die Leute werden dramatische Gefühlsausbrüche und Liebesbezeigungen erwarten. Das ist ein Schauspiel, wie sie es lieben."

Es dauerte einige Zeit, bis er sein Anliegen vorgebracht hatte. Der Hauptmann antwortete mit einem wahren Wortschwall.

„Er gibt uns drei Minuten Zeit", erklärte der Graf. „Was ich jetzt von Ihnen verlange, ist folgendes. Öffnen Sie Ihre Jacke und legen Sie mir die Arme um den Hals. Dadurch verdecken Sie mich vor den Blicken der Menschen um uns herum, und ich kann das Messer aus dem Gürtel ziehen. Wenn ich es in der Hand habe, werde ich Sie küssen und sofort zustechen. Haben Sie mich richtig verstanden?"

„Genau", sagte sie, den Blick fest auf ihn gerichtet.

Sie öffnete die Knöpfe ihrer Jacke und umarmte ihn. Zum erstenmal war sie einem Mann so nah. Dabei konnte sie sich einfach nicht vorstellen, daß es auch das letzte Mal sein sollte.

Als seine Hand im Gürtel nach dem Messer suchte, spürte sie seinen Herzschlag.

„Wir sollten weiterreden", sagte er leise. „Da die Leute uns nicht verstehen, werden sie annehmen, daß wir ein paar letzte Liebesworte austauschen."

„Wie sollen Sie getötet werden?" fragte sie gefaßt.

„Mit einem Messer, obwohl die Art keine große Rolle spielt, wenn es schon sein muß."

„Werde ich auch bestimmt vorher tot sein? Ich könnte es nicht ertragen, mit diesen Menschen allein zu bleiben", flüsterte sie.

„Ich verspreche Ihnen, daß Sie schnell und schmerzlos sterben werden."

Der Hauptmann sagte etwas. Vermutlich warnte er sie, daß sie nicht mehr viel Zeit hätten.

„Sind Sie bereit?“ fragte der Graf.

„Ja.“

„Dann küssen Sie mich.“

Sie spürte seine Hand an ihrer Brust. Eng umschlungen standen sie da. Vera wartete. In der nächsten Sekunde würde sich das Messer in die Stelle zwischen ihren Brüsten bohren, die, richtig getroffen, den sofortigen Tod bedeutete. Sie hielt den Atem an. Mit ihrer ganzen Seele flehte sie zum Himmel, sie möge tapfer sein und nicht aufschreien. Ihre Arme legten sich fester um den Nacken des Grafen.

Plötzlich erhob sich ein ohrenbetäubendes Geschrei in der Höhle. Es klang so schrill und laut, daß Vera und der Graf auseinanderfuhren und sich umdrehten, um nach der Ursache zu forschen.

Sie sahen einen kleinen Jungen von ungefähr anderthalb Jahren, unterernährt und mager. Er war purpurrot im Gesicht, und seine Augen quollen ihm fast aus den Höhlen. Allem Anschein nach rang er verzweifelt nach Luft.

Die Menschen in der Höhle standen wie erstarrt. Nur eine einzelne Frau schrie und weinte.

Ohne lange zu überlegen, nahm Vera die Arme vom Nacken des Grafen, packte mit festem Griff das Kind um die Taille und stellte es auf den Kopf. In dieser Lage hielt sie es ein paar Sekunden fest. Plötzlich fiel ihm etwas aus dem Mund und klapperte auf den Boden.

Es war ein kleiner Kieselstein.

Als Vera nach dem Kind gegriffen hatte, war die Frau vor Verblüffung verstummt. Dadurch war das Geräusch des fallenden Steines in der ganzen Höhle klar und deutlich zu hören. Die Frau bückte sich und hob ihn vom Boden auf.

Vera stellte den kleinen Jungen wieder auf die Füße. Als er jetzt den Mund öffnete, erklang nichts anderes als das laute, protestierende Gebrüll eines Kindes, das Angst gehabt hatte.

Doch die Mutter kümmerte sich nicht um ihren Sprößling, dem es so hörbar wieder gutging. Sie hielt den Stein für jedermann sichtbar hoch, fiel vor Vera auf die Knie und bedeckte ihre Hände mit Küssen. Dicke Tränen rollten ihr über die Wangen. Mit fast brechender Stimme wiederholte sie immer wieder dieselben Worte.

Vera sah den Grafen fragend an. Inzwischen hatte sich in der Höhle ein lautes Stimmengewirr erhoben. Der Hauptmann trat näher. Er sprach ein paar Worte zu seinen Leuten, und diese verstummten. Jetzt wandte er sich Vera zu und sagte etwas, was sie nicht verstehen konnte. Dabei lächelte er und verbeugte sich mehrmals.

Die Frau küßte immer noch Veras Hände, bis diese sie wegzog. Inzwischen versuchte eine andere Frau, den kleinen Jungen zum Schweigen zu bringen.

Gelassen erklärte der Graf: „Sie haben dem einzigen Sohn des Hauptmanns das Leben gerettet. Seine Frau hat ihm acht Töchter geboren, bevor endlich sein einziger Sohn und Erbe auf die Welt kam. Wir sind nicht länger Gefangene, und es kann keine Rede mehr davon sein, daß wir sterben müssen. Man betrachtet uns als Gäste. Heute abend soll ein großes Fest zu unseren Ehren abgehalten werden."

Verwirrt sah Vera ihn an. So schnell konnte sie sich nicht an die veränderte Situation gewöhnen. Als sie leicht schwankte, legte ihr der Graf schützend den Arm um die Schultern.

„Alles ist in Ordnung", versicherte er schnell. „Die Gefahr ist vorüber. Wir können aufatmen, Sie haben uns beiden das Leben gerettet."

Vera konnte es immer noch nicht fassen, wie knapp sie dem Tode entronnen waren. Das merkwürdige Gefühl, daß alles nur ein Traum gewesen war, schwand langsam aber sicher.

Die ganze Zeit liefen die Frauen um den Hauptmann herum und nahmen seine Anweisungen entgegen.

„Was geschieht denn jetzt?" fragte Vera.

„Zunächst wird eine Ziege geschlachtet. Auf eines muß ich Sie jetzt schon vorbereiten. Wenn wir gerade dem Tode nahe waren, so wird es uns noch um einiges schlechter gehen, wenn wir dieses Festmahl hinter uns haben."

Vera wußte, daß er sie mit seinem leichten Ton von den vergangenen Schrecken abzulenken versuchte.

„Vermutlich würden Sie sich jetzt gern etwas hinsetzen", sagte er. „Unglücklicherweise ist diese Höhle nicht besonders gut möbliert."

Vera blickte sich suchend um. An den Wänden standen einige Sitze, über die man die Felle von irgendwelchen Tieren geworfen hatte. Bevor der Graf sie dorthin führen konnte, tauchte eine Frau neben ihr auf und redete aufgeregt auf sie ein. Sie war jung, häßlich und schrecklich schmutzig. Wie viele der Höhlenbewohner wirkte auch sie unterernährt. Als sich Vera das Baby, das sie in ihren Armen trug, näher betrachtete, erschrak sie. Sie hielt es im ersten Moment für tot. Das kleine Gesichtchen war bläulich verfärbt.

„Was sagt sie?" wollte Vera wissen.

„Sie bittet um Ihre Hilfe. Meiner Meinung nach können Sie aber in diesem Fall gar nichts tun."

„Und woher wissen Sie das so genau?"

„Es wäre ein großer Fehler, auch nur den Versuch zu unternehmen", erwiderte er. „Dieses Kind muß sterben, ob Sie etwas tun oder nicht. Wenn ihm aber etwas passiert, gibt man womöglich Ihnen die Schuld."

„Aber ich muß diesen Menschen helfen, wenn ich kann. Was fehlt dem Baby überhaupt?"

„Ich sagte Ihnen doch schon, daß es besser wäre, die Finger davon zu lassen", versicherte der Graf in scharfem Ton. „Sie haben ein Wunder bewirkt, vertrauen Sie lieber nicht so schnell auf ein zweites."

Vera ließ seinen stützenden Arm los und richtete sich zu ihrer vollen Größe auf. „Ich will endlich wissen, was diese Frau mir zu sagen hat."

Die dunklen und die blauen Augen fochten eine Art Machtkampf aus.

„So übersetzen Sie doch endlich", verlangte Vera ungeduldig.

„Sind wir schon so weit gekommen, daß Sie mir Befehle erteilen?" fragte er mit zuckenden Lippen.

„Wenn Sie nicht tun, was ich verlange, ja", sagte sie. „Es mögen Ihrer Meinung nach Menschen zweiter Klasse sein. Für mich sind es meine zukünftigen Untertanen, die Hilfe brauchen, die ich ihnen vielleicht geben kann. Erwarten Sie wirklich von mir, daß ich sie ihnen verweigere?“

„Wie Sie wünschen, Madam“, erwiderte er seufzend. „Wenn Sie unbedingt die Rache des Hauptmanns wieder auf unsere Häupter laden wollen, kann ich Sie nicht daran hindern.“

Etwas unwirsch wandte er sich an die geduldig wartende Frau. Dann übersetzte er: „Das Baby ist vier Tage alt, und sie hat keine Milch. Es ist ein Junge und ihr einziges Kind. Die Frau glaubt, daß Sie ihr genauso helfen können wie ihrer Schwester. Vielleicht geben Sie jetzt endlich zu, daß Ihrer Macht Grenzen gesetzt sind“, fügte er hinzu.

Sie ignorierte seine letzten Worte. „Fragen Sie die Frau, ob sie das Baby schon auf andere Art zu füttern versucht hat.“

Der Graf tat wie geheißen. „Sie hat ihm Ziegenmilch in den Mund geträufelt, aber es will nicht schlucken.“

„Wie sollte es das in diesem Alter“, sagte Vera.

Inzwischen wurden sie von einem Dutzend Frauen umringt, die etwas von den Geschehnissen mitzubekommen versuchten.

„Bitten Sie eine dieser Frauen, etwas frische Ziegenmilch zu holen, möglichst in einem sauberen Topf.“

„Das dürfte sich als ziemlich schwierig erweisen“, bemerkte der Graf trocken. Trotzdem gab er Veras Instruktionen weiter. Eine Frau löste sich aus dem Kreis und verschwand im Hintergrund der Höhle.

Vera berührte vorsichtig die Händchen des Babys. Sie waren kalt. Aber es lebte noch, wenn auch ihrer Meinung nach nicht mehr lange, wenn nicht bald etwas geschah.

Gerade kam die Frau mit der vom Melken noch warmen Ziegenmilch zurück. Vera zog einen ihrer Handschuhe aus der Tasche.

„Jetzt brauche ich einen Löffel“, verlangte sie. Als man ihr diesen reichte, träufelte sie damit etwas Milch in einen Finger des Handschuhs. Die umstehenden Frauen beobachteten sie dabei neugierig. Langsam gesellten sich auch wieder die Männer dazu.

„Jetzt kann ich nur inständig hoffen, daß Sie wissen, was Sie tun“, murmelte der Graf neben ihr.

Vera beachtete ihn nicht weiter. Der Handschuh bestand aus ganz weichem dünnen Leder. Als sie einen Finger mit Milch gefüllt hatte, nahm sie eine Brosche von ihrer Bluse und stach in die Spitze. Dann tauchte sie diese in Milch und steckte sie dem Baby in den Mund.

Im ersten Augenblick reagierte es überhaupt nicht, sondern stieß nur einen ganz leisen Schrei aus. Vera schob den Handschuhfinger ein wenig tiefer, bis sich der kleine Mund darum schloß. Da fing das Kind an zu saugen, ganz schwach zuerst, dann stärker. Schließlich saugte es kräftig an dem Finger, und jedermann in der Höhle spürte, daß es endlich die so dringend benötigte Nahrungsquelle gefunden hatte.

Das war Veras endgültiger Sieg. Es gab keine Frau im Raum, die sich nicht um sie gedrängt und Hilfe oder Rat für ihre Kinder gesucht hätte. Der Graf brachte zuerst einmal einige Ordnung in diesen Tumult. Jede Frau durfte nur einzeln sprechen und mußte warten, bis sie an der Reihe war.

Zwischendurch fragte ihn Vera: „Wovon ernähren sich diese Menschen eigentlich?“

„Hauptsächlich von Fleisch, wenn sie welches haben. Die Männer gehen in den Wäldern auf die Jagd. Außerdem schätzen sie besonders ein ganz spezielles Gericht aus Wildschweinfleisch.“

„Bekommen sie denn gar kein Gemüse oder Obst?“

„Soviel ich weiß, halten sie das nicht für notwendig.“

Vera war in ihrem Element und gab nach links und rechts Ratschläge, die der Graf folgsam übersetzte. Jemand sollte im Tal einen Sack Orangen holen, und jedes Kind müsse pro Tag mindestens eine davon zu sich nehmen. Sie hielt die Frauen an, wilde Erdbeeren und andere Früchte zu sammeln und einen Vorrat von Zitronen in der Höhle zu halten. Für den Winter müßten sie genügend Oliven pressen und jedem Kind täglich ein paar Tropfen Olivenöl einflößen.

Die Frauen lauschten mit offenem Munde.

„Eigentlich sollten sie imstande sein, sich Honig zu beschaffen“, meinte Vera zu dem Grafen gewandt.

„Davon gibt es in den Wäldern genug. Sie können sich

bei unserem Blütenflor doch sicher vorstellen, daß wir an Bienen keinen Mangel leiden.“

„Dann sagen Sie den Frauen, daß ihre Männer nicht länger zu faul oder zu feige sein dürfen, Honig für ihre Kinder zu sammeln. Wenn sie sich wirklich vor einem kleinen Bienenstich fürchten sollten, müssen sie ihnen die Hölle heiß machen.“

Darüber schütteten sich die Frauen aus vor Lachen. Anschließend prasselten so viele Fragen auf Vera ein, daß sie sehr bald müde wurde. Der Graf zog sie zu einem Sitz an der Höhlenwand.

„Ich habe die Sprechstunde für heute als beendet erklärt“, sagte er.

Die Frauen hatten diese Ankündigung akzeptiert. Sie waren jetzt damit beschäftigt, in der Mitte des Raumes, wo das große Fest stattfinden sollte, einen langen Tisch und Stühle aufzustellen.

„Eines hätte ich gern gewußt“, sagte der Graf neugierig. „Woher wissen Sie so gut über Kinderpflege und alles, was damit zusammenhängt, Bescheid?“

„Von meiner Mutter. Sie kümmerte sich oft genug um die Dorfbewohner in der Nähe unseres Schlosses.“

„Ich hätte mir in meinen kühnsten Träumen nicht vorstellen können, daß jemand von Ihrer Herkunft und Ihrem Aussehen dazu imstande wäre, auf solche Art unser Leben zu retten.“

„Das war reiner Zufall“, sagte sie ruhig. „Einer meiner Nichten passierte vor ein paar Jahren dasselbe wie dem kleinen Jungen. Ihr Vater, der zufällig daneben stand, reagierte genauso wie ich, und die Murmel, die dem Kind im Hals gesteckt hatte, fiel heraus. Hinterher war die Kleine wieder vollkommen in Ordnung.“

„Offensichtlich war es uns nicht bestimmt zu sterben, jedenfalls jetzt noch nicht“, stellte der Graf fest.

„Werden uns die Räuber auch wirklich gehen lassen?“ fragte sie ein bißchen unsicher.

„Wir müssen auf alle Fälle über Nacht hierbleiben“, erwiderte er. „Das Fest dürfte ziemlich lange dauern, und es wäre sehr unhöflich, es so schnell zu verlassen, nachdem es zu unseren Ehren gegeben wird. Ich nehme aber an, daß der Hauptmann sein Wort halten wird und uns morgen freiläßt."

„Hoffentlich", sagte Vera nicht ganz überzeugt. Doch der Graf legte beruhigend seine Hand auf die ihre.

Am Abend gab es keinen Menschen in der Höhle, der das große Fest nicht genoß, vom ältesten Räuber bis zum kleinsten Kind, das gerade erst allein essen konnte.

Als die am Spieß gebratene Ziege hereingebracht wurde, wandte sich Vera angewidert ab. Man hatte den Kopf des Tieres mitgebraten, was den Anblick nicht appetitanregender machte.

Der dampfende Braten wurde in die Mitte des Tisches gestellt. Der Hauptmann selbst legte seinen Gästen und seiner engsten Familie vor, dann stürzten sich die anderen mit ihren Messern auf das Tier und hackten sich die Stücke heraus, die ihnen ins Auge stachen.

Vera sah voller Grausen auf den vor ihr stehenden, mit fettem Fleisch vollgehäuften Teller. Glücklicherweise saß sie direkt neben dem Grafen.

„Kauen Sie ein bißchen auf dem Fleisch herum und tun Sie so, als ob Sie äßen", riet er leise. „Nach einer Weile wird niemand mehr auf Sie achten. Dann könnten Sie damit die Hunde füttern. Von diesen reizenden Tieren treiben sich eine ziemliche Menge unter dem Tisch herum." Augenzwinkernd fuhr er fort: „Das beweist zwar keine besonders guten Manieren, aber unsere Gastgeber haben auch nicht die feinste Erziehung genossen."

Der Graf hatte recht. Die Räuber stopften sich das Fleisch mit beiden Händen in den Mund, schmatzten geräuschvoll und stießen lautstark auf, wenn es ihnen besonders gut geschmeckt hatte. Die Frauen bedienten sie. Vera war das einzige weibliche Wesen, das mit den Männern am Tisch sitzen durfte.

Sie war sehr froh, nicht in unmittelbarer Nähe des schielenden Mannes mit der Narbe zu sitzen, der sie zur Frau begehrt hatte. Er musterte sie aus einiger Entfernung mit einem Gesichtsausdruck, der sie heimlich erbeben ließ. Unwillkürlich rückte sie ein wenig näher an den Grafen heran.

Dieser sah hoch, um nach der Ursache zu forschen, und entdeckte auf den ersten Blick, wovor sie sich fürchtete.

„Bitte lassen Sie mich nicht allein“, flehte sie leise.

„Sie brauchen wirklich keine Angst mehr zu haben“, beruhigte er sie. „Ich verspreche Ihnen, daß der Mann Ihnen in keiner Weise zu nahe treten wird.“

Seine Worte gaben ihr wieder Mut, doch sie konnte sich trotzdem eines Schauders nicht erwehren, wenn sie aufsah und feststellen mußte, daß der Räuber sie unverwandt anstarrte, während er sich Riesenportionen Fleisch in den Mund stopfte.

Derselbe rote Wein, den sie schon im Gasthaus getrunken hatten, machte in reichlichem Maße die Runde. Das Gelächter wurde immer dröhnender, und Vera konnte sich gut vorstellen, daß es für sie besser war, daß sie die Scherze nicht verstehen konnte.

Sie trank ein bißchen Wein und aß von dem dunklen Brot, das sie trotz des säuerlichen Geschmacks genießbar fand. Allmählich wurde sie sehr müde. Als nur noch die Knochen von der Ziege übriggeblieben waren, wurde der Tisch abgeräumt.

Der Hauptmann sagte ein paar Worte zu dem Grafen. Es gab ein Hin und Her, schließlich wandte sich der Graf an Vera: „Man erweist uns die allerhöchsten Ehren. Der Hauptmann und seine Frau überlassen uns ihre Schlafhöhle. Ich habe mich zwar geweigert, aber er besteht darauf. Es bleibt uns nichts anderes übrig, als auf das Angebot einzugehen.“

Die Aussicht erschien weder ihr noch ihm besonders angenehm. Als Vera die Höhle in Augenschein nahm, hätte sie am liebsten auf der Stelle abgelehnt. Sie grenzte an die Haupthöhle, wo sie das Mahl eingenommen hatten, und war sehr klein. Vor der Öffnung hing ein Bärenfell. Drinnen befand sich lediglich ein breites Lager aus vielen aufeinandergestapelten Tierfellen.

Licht und Luft drangen nur durch die Haupthöhle herein. Die Frau des Hauptmanns brachte eine kleine, brennende Fackel und befestigte sie in einem eisernen Halter an der Wand. Mit vielen Gutenachtwünschen verschwand sie, und das Bärenfell fiel hinter ihr zu.

„Die Fackel wird nur wenige Minuten brennen", warnte der Graf. „Wir tun gut daran, uns so schnell wie möglich für die Nacht einzurichten."

Vera warf einen angeekelten Blick auf das Lager. Als der Graf ihren Gesichtsausdruck bemerkte, meinte er beruhigend: „Wir können uns am besten helfen, wenn wir Ihren Umhang über das Bett breiten. Mir gefallen die Pelzdecken genauso wenig wie Ihnen, aber das läßt sich leider nicht ändern."

Als sich Vera das Bild der verdreckten Räuber vor Augen rief, schüttelte sie sich vor Ekel. Inzwischen legte der Graf den Umhang so über das Bett, daß das Kopfende von ihm bedeckt wurde und nur ihre Füße mit den Pelzen in Berührung kommen konnten.

„Vermutlich entspricht es nicht ganz den gesellschaftlichen Regeln, wenn wir zusammen die Nacht verbringen", sagte der Graf ruhig. „Andererseits nehme ich nicht an, daß es Ihnen lieber ist, wenn ich draußen in der Haupthöhle schlafe und Sie hier allein lasse."

„Nein, bitte, bitte verlassen Sie mich nicht", flehte sie.

„Ich kann Ihnen leider auch nicht vorschlagen, einen Sessel zu benutzen, da es keinen gibt. Und offen gesagt, behagt mir der Fußboden als Lager auch nicht besonders."

„Natürlich nicht", sagte Vera. „Wir können beide auf dem Bett liegen, es ist ja breit genug. Wir brauchen uns ja nicht auszuziehen."

Sie zitterte ein wenig. Nach der Wärme, die in der Haupthöhle geherrscht hatte, empfand sie jetzt die Kühle doppelt stark. Schüchtern kletterte sie auf das Bett und legte sich auf die äußerste Kante.

„Das Bett ist sehr weich", teilte sie dem Grafen mit. „Ich frage mich wirklich, was die Pelze wert sind, auf denen wir liegen."

„Haben Sie die Absicht, sich einen neuen Pelzmantel machen zu lassen?" spöttelte er.

„Wohl kaum", bemerkte Vera. „Ich wundere mich nur, daß die Räuber die Pelze nicht verkaufen, um sich von dem Erlös ein paar lebenswichtige Dinge zu beschaffen."

„Vermutlich sind sie mit dem zufrieden, was sie haben.

Ihrer Meinung nach leben sie im Luxus. Übrigens stammen diese Menschen ursprünglich nicht aus Katona. Es sind Albaner, die vor der Schreckensherrschaft der Türken aus ihrem Land geflohen sind. Ich habe vor Jahren schon von ihnen gehört, bin ihnen aber glücklicherweise vor dem heutigen Tage nie begegnet."

„Sagt man ihnen nach, daß sie schon viele Menschen umgebracht haben, wie sie das heute mit uns vorhatten?"

„Falls sich Reisende versehentlich in ihr Gebiet verirren, dürfte ihr Leben keinen Pfifferling wert sein. Wir hatten das zusätzliche Pech, daß sie den Schuß hörten, mit dem ich die Schlange erlegte. Sonst hätten wir möglicherweise durchreiten können, ohne daß sie sich unserer Gegenwart bewußt geworden wären."

Er legte sich genauso vorsichtig wie Vera auf das Bett, und zwar auf die entgegengesetzte Seite. Zwischen ihnen klaffte eine breite Lücke.

„Wir sollten zu schlafen versuchen. Ich glaube, daß uns die Räuber ein ziemliches Stück von unserem ursprünglichen Wege abgebracht haben. Morgen haben wir deshalb einen weiten Ritt vor uns."

„Ich bin auch sehr müde", versicherte Vera. „Ich werde vermutlich gut schlafen."

Die Fackel flackerte noch einmal auf und erlosch dann. Plötzlich herrschte undurchdringliche Finsternis in der Höhle. Als Veras Augen sich an die Dunkelheit gewöhnt hatten, sah sie, daß durch einen Riß in dem Bärenfell ein schwacher Lichtschein aus der Haupthöhle hereindrang.

Sie schloß die Augen und versuchte die Gegenwart des neben ihr ruhenden Grafen zu vergessen. Da vernahm sie ein leichtes knisterndes Geräusch.

„Was ist das?" fuhr sie hoch.

„Vermutlich Ratten."

Der Graf sagte dies ziemlich gleichmütig, ohne sich der Wirkung seiner Worte bewußt zu sein. Vera stieß einen Schreckensschrei aus, drehte sich um, packte seine Jakkenaufschläge und versteckte ihr Gesicht an seiner Schulter.

„Wie entsetzlich! Lassen Sie mir die Tiere nicht zu nahe kommen", flehte sie. „Halten Sie sie mir fern."

Einigermaßen verblüfft legte der Graf beruhigend seinen Arm um ihre Schultern.

„Nur ruhig", sagte er. „Die Ratten werden Ihnen nichts tun."

„Ich kann den Gedanken nicht ertragen, daß sie über meinen Körper laufen", flüsterte Vera.

Sie war wie erstarrt vor Angst und klammerte sich mit aller Kraft an ihn. Dabei lauschte sie angestrengt in die Dunkelheit. Plötzlich hob sie den Kopf und sagte anklagend: „Sie lachen mich aus."

„Heute nachmittag habe ich Sie für die tapferste Frau gehalten, die mir in meinem ganzen Leben begegnet ist", sagte der Graf. „Sie haben, ohne mit der Wimper zu zucken, dem sicheren Tod ins Auge gesehen. Sie blieben ruhig, als eine Schlange Sie angreifen wollte, und jetzt fürchten Sie sich vor Ratten."

„Ich kann es nicht ändern", erwiderte Vera. „Es macht mir wirklich keinen Spaß, daß Sie jetzt merken, was für ein Feigling ich in Wirklichkeit bin, aber diese Tiere erschrecken mich zu Tode."

„Es wird mir nicht im Traum einfallen, Sie für feige zu halten", wandte der Graf ein. „Ich glaube nämlich nicht, daß es eine Frau gibt, die sich großartiger verhalten hätte, als Sie jeden Augenblick glaubten, von meiner Hand zu sterben."

Vera antwortete nicht, weinte nur leise vor sich hin.

„Was habe ich gesagt, was Sie so aus der Fassung gebracht hat?" fragte er teilnahmsvoll.

„Sie sind so nett zu mir", schluchzte Vera. „Dabei fällt es mir viel leichter, meinen Mut zu beweisen, wenn ich Sie unsympathisch finde."

Der Graf nahm sie fester in die Arme.

„Sie haben in den letzten Stunden soviel mitmachen müssen, daß Sie jetzt ein bißchen durcheinander sind. Aber jetzt ist es vorbei. Dank Ihrem mutigen Eingreifen leben wir noch und können morgen gesund und munter weiterreiten."

Sie kämpfte mühsam darum, ihre Selbstbeherrschung wiederzugewinnen. Nach einiger Zeit lockerte sich ihre Anspannung. Sie ließ die Jacke des Grafen los.

„Ich schäme mich vor Ihnen."

„Dazu gibt es wirklich keinen Grund", versicherte er.

„Sie haben mir eben gesagt, daß Sie mich für tapfer halten", begann Vera sehr leise und stockend. „Das bin ich aber in Wirklichkeit gar nicht." Sie schluckte ein bißchen. Es war gar nicht so leicht, ehrlich zu sein. Doch dann fuhr sie fort: „Ich hatte so schreckliche Angst, als wir über die Felsen ritten, daß ich fast in Ohnmacht gefallen wäre. Ich hatte schon als kleines Kind eine unüberwindliche Abneigung gegen große Höhen, weil ich nicht schwindelfrei bin."

Die Worte kamen so kläglich heraus, daß sie ihr Gesicht versteckte.

„Ich finde es ausgesprochen tapfer, mir die Wahrheit zu gestehen", sagte der Graf leise. „Allerdings muß ich zugeben, daß ich so etwas Ähnliches vermutet habe."

Er blickte geradeaus in die Dunkelheit.

„Jeder von uns hat seine Achillesferse", sagte er ruhig. „Vielleicht entdecken Sie eines Tages auch die meine."

„Gibt es denn etwas, wovor Sie sich fürchten?" fragte sie ungläubig.

„Natürlich. Nur bringe ich im Gegensatz zu Ihnen nicht den Mut auf, Ihnen zu sagen, wovor."

Nach einiger Zeit des Schweigens fragte Vera: „Werden Sie dem Prinzen erzählen, wie dumm ich war, mich vor lächerlichen Ratten zu fürchten?"

„Warum darf er das denn nicht wissen?" fragte er.

„Nein, bitte nicht. Mama sagt, daß es keinen guten Eindruck macht, wenn man seine Gefühle zu offen zeigt. Sie hat mir beigebracht, daß Angehörige von Königshäusern immer tapfer sind, selbst wenn ein Anarchist eine Bombe wirft oder mit einer Pistole auf sie zielt."

„Und wie steht es mit Ihren anderen Gefühlen? Wollen Sie die ebenfalls unterdrücken?"

„Was meinen Sie damit?"

„Zum Beispiel das größte und schönste Gefühl von allen, die Liebe."

Einige Zeit herrschte Schweigen in der Höhle.

„Mama sagt", antwortete Vera mit ganz kleiner Stimme, „daß ich keine Liebe erwarten darf."

„Und trotzdem hoffen Sie von ganzem Herzen darauf."

Vera holte tief Atem. Wie konnte er wissen, daß sie insgeheim zum Himmel flehte, der Prinz möge sie lieben.

Plötzlich kam ihr zum Bewußtsein, daß es sich für sie nicht schickte, eine solche Konversation mit einem Fremden zu führen, der noch dazu zum Gefolge des Prinzen gehörte.

„Mama würde es sicher unpassend finden, daß ich mit Ihnen über so intime Dinge spreche. Sie wäre schon bei der Vorstellung außer sich, daß ich ein Bett mit Ihnen teile. Wenn ich auch nicht weiß, wie ich es hätte verhindern können."

Nach diesen Worten befreite sich Vera aus den Armen des Grafen und begab sich wieder auf ihre Seite des Lagers.

„Zwei Dinge sollten Sie in Erwägung ziehen", wandte der Graf ein. „Erstens sind die Umstände, unter denen wir uns hier befinden, außergewöhnlich und zweitens kann Ihre Mutter viele tausend Meilen von hier nicht ahnen, daß Sie sich mit Ratten herumschlagen müssen."

Noch während er sprach, hörte Vera das wohlbekannte scharrende Geräusch wieder, das sie vorhin so erschreckt hatte.

Ohne zu überlegen, warf sie sich wieder dem Grafen in die Arme. Sie erwartete jeden Augenblick eine Ratte über ihre Beine laufen zu spüren.

„Glauben Sie, daß es hier viele Ratten gibt?" flüsterte sie.

Über ihrem Kopf sah der Graf die Silhouette einer großen, dünnen Katze mit einem langen Schwanz, die sich gerade ihren Weg an dem Bärenfell vorbei in die äußere Höhle suchte. Lächelnd nahm er sie fester in die Arme.

„Sie sind ganz sicher, solange Sie dicht bei mir bleiben", sagte er ruhig.

Als Vera erwachte, war sie allein. Sie hob den Kopf und suchte den Grafen, konnte ihn aber nirgends erblicken. Es war jetzt viel heller als in der vergangenen Nacht. Das Bärenfell war leicht zur Seite geschlagen, und sie sah, wie sich ein paar Leute in der großen Höhle bewegten. Mitten unter ihnen befand sich der Graf. Er rasierte sich gerade mit dem Apparat, den er in der Satteltasche mit sich führte. Eine Horde von Kindern stand um ihm herum und beobachtete ihn mit großen Augen.

Als sie sich erhoben hatte, stellte sie zu ihrem Mißvergnügen fest, daß ihr Rock ziemlich zerknittert war. Sie versuchte, den Stoff glattzustreichen und die Unterröcke auszuschütteln.

Am Fußende des Bettes fand Vera das Bündel mit ihren wenigen Habseligkeiten, das offensichtlich der Graf dort niedergelegt hatte. Jetzt war sie froh über ihre Haarbürste. Zwar gab es hier weit und breit keine Spiegelscherbe, aber sie brachte es trotzdem fertig, ihr Haar hochzustekken.

Vermutlich war es sinnlos, um Waschwasser zu bitten. Man würde sie für verrückt halten. Außerdem glaubte sie, daß sich der Graf so schnell wie möglich auf den Weg machen wollte. Sie nahm Umhang und Bündel und trat in die Haupthöhle.

Bei ihrem Erscheinen versammelten sich sofort einige Frauen um sie. Die Mutter des Babys von gestern abend hielt ihr das Kind entgegen und sprach aufgeregt auf sie ein. Offensichtlich hatte es inzwischen mehrmals Ziegenmilch zu sich genommen. Es konnte gar kein Zweifel bestehen, daß es ihm besserging. Die bläuliche Gesichtsfarbe war fast völlig verschwunden, und die winzigen Hände fühlten sich warm an.

Vera zog den anderen Handschuh aus der Tasche. Als sie den Grafen in der Nähe erblickte, rief sie ihn zu sich heran.

„Würden Sie bitte der Frau erklären, daß sie mit den Handschuhfingern behutsam umgehen muß. Sie darf den nächsten immer erst dann benutzen, wenn der alte unbrauchbar geworden ist. Wird das Loch zu groß, trinkt das Baby seine Milch zu schnell und bekommt eine Magenverstimmung."

Der Graf übersetzte den Ratschlag und die Frau nickte verständnisvoll. Es gab noch eine Menge Fragen, die die Kinder betrafen.

Der Graf versuchte sich um die Pferde zu kümmern,

wurde aber alle Augenblicke zurückgerufen, um Veras Rezepte zur Heilung von allen möglichen Gebresten zu übersetzen, an denen offensichtlich die ganze Gesellschaft litt.

„Wir müssen gehen", sagte er schließlich leise. „Geben Sie ihnen noch einen letzten guten Rat, wie sie gesund und munter fortfahren können, harmlose Reisende auszurauben und umzubringen. Dann müssen wir uns aber wirklich verabschieden."

„Hoffentlich verstehen die Leute Sie nicht", unterbrach ihn Vera entsetzt.

„Das ist so gut wie ausgeschlossen."

Er ignorierte den Strom von Fragen, der immer noch auf sie herniederprasselte, und zog sie zum Ausgang.

„Man wird uns selbstverständlich wieder die Augen verbinden", sagte er. „Sie sollten sich am besten jetzt gleich verabschieden."

Vera streckte der Frau des Räuberhauptmanns die Hand entgegen. Zu ihrer größten Verlegenheit sank die Frau auf die Knie und küßte sie.

Die anderen Frauen verfolgten Vera so lange, bis der Graf ihr die Augen verband und sie auf ihr Pferd hob. Unter den lauten Abschiedsrufen des Hauptmanns setzten sie sich in Bewegung. Plötzlich wurden unter den Frauen Bekundungen der Enttäuschung laut.

„Sie haben Angst, Sie nie wiederzusehen", erklärte der Graf.

„Versichern Sie, daß ich bald wiederkommen werde oder sie zu mir rufen lasse. Übermitteln Sie ihnen mein festes Versprechen, sie nicht zu vergessen."

„Ist das wirklich Ihre Absicht?" fragte der Graf überrascht.

„Ganz bestimmt."

Offensichtlich wiederholte er ihre Sätze mit einigem Nachdruck. Ein wahrer Begeisterungssturm erhob sich. Vera winkte noch lange zurück. Wenn sie die Frauen auch nicht sehen konnte, so war sie doch sicher, daß sie zurückwinkten. Sie hörte noch geraume Zeit ihre Stimmen, bis sie sich endlich außer Reichweite befanden.

Wieder ritt der Graf vor ihr her, und sie konnte ihm nur

folgen. Diesmal legten sie den Weg nicht in eisigem Schweigen zurück. Die Männer unterhielten sich miteinander, lachten und rissen Witze, wobei sich der Graf nicht ausschloß. Ein paarmal redete er längere Zeit auf sie ein, wobei sie respektvoll zu lauschen schienen.

Der Weg zog sich in die Länge. Endlich brachten die Räuber die Pferde zum Stehen.

„Die Männer werden uns hier verlassen", erklärte der Graf. „Sie können Ihre Augenbinde abnehmen."

Vera gehorchte. Sie befanden sich auf einem ähnlichen Weg wie dem, auf dem man sie gefangengenommen hatte.

Der Graf zog Geld aus der Tasche und reichte es dem Anführer. Dieser machte eine ablehnende Geste. Er nahm es erst, als ihm der Graf erklärte, es sei für die Frauen und Kinder in der Höhle bestimmt. Die beiden Männer schüttelten sich die Hände.

„Sie wollen sich von Ihnen verabschieden und Ihnen ihren Dank abstatten, daß Sie ihren Frauen geholfen haben. Bleiben Sie ganz ruhig, man wird Sie nicht berühren", sagte der Graf.

Verwundert sah Vera ihnen entgegen. Einer nach dem anderen näherte sich ihr mit gesenktem Haupt, trat an die Seite ihres Pferdes, ging einen Augenblick in die Knie und führte ihren Rocksaum an die Lippen. Nur der schielende Anführer sah ihr kühn und mit einem Ausdruck der Gier ins Gesicht. Aber auch er kniete demütig nieder und küßte ihren Rocksaum.

Unter lauten Abschiedsrufen machten die Räuber kehrt, und wenig später waren sie zwischen den Bäumen verschwunden.

Verwirrt sah Vera ihnen nach.

„Warum haben sie sich so merkwürdig ehrerbietig benommen?" fragte sie.

„Sie haben Sie schon zu Lebzeiten zur Heiligen erhoben. Schließlich waren sie selbst Zeuge, wie Sie zwei echte Wunder vollbrachten."

„So sollten die Leute wirklich nicht von mir denken", sagte Vera verlegen. „Ich bin nicht gut genug."

„Wissen Sie, was eine Frau dort in der Höhle zu mir sagte? ‚Sie kommt wie ein Engel, den Gott gesandt hat.' Und genau diesen Eindruck vermittelten Sie auch mir, als Sie sich so liebreich um die schmutzigen Kinder kümmerten."

Vera sah ihn etwas unsicher an. Wollte er sie verspotten? Aber seine Augen blieben völlig ernst.

„Ich habe in meinem Leben schon vor so mancher gefährlichen Situation gestanden", fuhr er fort. „Allerdings noch nie vor einer ähnlichen. Und es gibt nur eine Person, der ich meine Rettung zu verdanken habe. Sind Sie sich eigentlich dessen bewußt, daß Sie allein unser beider Leben gerettet haben?"

„Waren Sie sich heute morgen nicht sicher, daß uns die Räuber freigeben würden?"

„Ich habe es zumindest gehofft. Auch bei diesen Menschen gibt es eine Art Ehrenkodex. Andererseits sind Räuber, wie Sie sich wohl denken können, manchmal etwas unberechenbar." Mit einem Lächeln fuhr er fort: „Doch da wir bisher soviel Glück gehabt haben, wäre es vermutlich besser, es nicht länger auf die Probe zu stellen und so schnell wie möglich von hier zu verschwinden."

Er drehte sich um und trabte los. Vera folgte ihm. Nach einiger Zeit lichtete sich der Wald, und sie genossen einen atemberaubenden Blick ins Tal. Manchmal konnte man so weit sehen, daß Vera die Zinnen und Dächer von Djilas zu erkennen glaubte.

Nach einem Ritt von mehreren Stunden hielt der Graf sein Pferd an.

„Die Räuber haben uns wirklich ziemlich weit von unserem Weg abgebracht. Es tut mir leid, aber wir werden Djilas heute nicht mehr erreichen."

„Können wir hier irgendwo übernachten?"

„Ja, es gibt einen Ort", begann der Graf, wurde jedoch von Vera unterbrochen, die ins Tal hinunterdeutete.

„Schauen Sie, dort unten sind Männer."

Ziemlich weit entfernt, wo sich eine breite, weiße Straße zwischen den Bergen verlor, konnte man ein paar Reiter erkennen. Wortlos blickte der Graf ihnen nach.

„Sind das Soldaten?" fragte Vera. „Irgend etwas an ihrem Aufzug glänzte in der Sonne."

„Ich weiß es nicht, schlage aber vor, lieber kein Risiko einzugehen."

Schweigend ritt er weiter. Vera folgte, wobei sie sich fragte, ob ihnen womöglich das nächste unangenehme Abenteuer bevorstand.

Nach einiger Zeit ritt der Graf in eine tiefe Schlucht, die sie vor aller Augen verbarg. Er lenkte sein Pferd durch das niedrige Gebüsch und ließ es den Abhang hinaufklettern. Vera ritt dicht hinter ihm. Plötzlich und unerwartet erreichten sie die Höhe und ritten gleich darauf langsam wieder abwärts. Bald darauf kamen sie zu einem Wasser-

Wieder befanden sie sich in einem Meer von Blumen und blühenden Büschen. Noch nie in ihrem Leben hatte Vera so viele leuchtende Farben auf einem Platz gesehen.

Unmittelbar unterhalb eines kleinen Plateaus hatte der Wasserfall einen Stausee gebildet. Von ihm aus fielen Kaskaden bis weit hinunter ins Tal. Hier hielt der Graf die Pferde an.

„Ich denke, ich kann uns eine frische Mahlzeit besorgen", erklärte er.

„Auf welche Weise?"

Vera war hungrig. Zum Frühstück hatte es nur Ziegenkäse und dunkles Brot gegeben, und das war schon eine Weile her. Dabei hatte sie sich sogar dazu gezwungen, etwas Ziegenmilch zu trinken, wobei sie jeden Gedanken an den Zustand des Bechers verdrängt hatte.

„Ich versuchte mich eben daran zu erinnern, wie man Forellen fängt. Als Kinder sind wir oft über diese Hügel gewandert. Wenn ich meine Kunst nicht völlig verlernt habe, werden wir uns zum Mittagessen frische Forellen zu Gemüte führen."

„Glauben Sie, daß welche anbeißen?" fragte Vera.

„Ich hoffe es. Da ich aber nicht gern möchte, daß Sie sich an meinem etwaigen Mißerfolg weiden, schlage ich vor, daß Sie Ihr Pferd hierlassen und ein paar Schritte ins Tal wandern. Bleiben Sie aber in Rufweite und geben Sie vor allem acht auf Schlangen. Wenn Sie irgendwo einen Zitronenbaum sehen, bringen Sie ein paar Früchte mit. Sie würden unsere Mahlzeit noch verbessern."

„Das stimmt allerdings", rief Vera. „Außerdem sollte es hierherum auch Erdbeeren geben. Ich werde sie in meinem Hut sammeln."

Sie nahm ihn ab und zog auch die Jacke aus, die sie achtlos ins Gras warf.

„Kommen Sie auch sofort, wenn ich Sie rufe?“ fragte sie. „Wer weiß, ob ich nicht wieder einer Schlange begegne.“

„Ich werde aufpassen“, versprach er.

Er hatte inzwischen ebenfalls die Jacke ausgezogen und rollte die Hemdsärmel hoch. Sein Halstuch hatte er nicht wieder angelegt, nachdem sie es von ihren Augen gelöst hatte. Als ob er Gedanken lesen konnte, sagte er mit belustigtem Lächeln: „Ich hoffe, Sie können mir noch einmal verzeihen, daß ich für diese besondere Gelegenheit nicht korrekt angezogen bin.“

Vera errötete.

„Natürlich“, sagte sie und fügte schüchtern hinzu: „Ich möchte wirklich nicht den Eindruck erwecken, übertrieben kritisch zu sein, besonders nachdem Sie so liebenswürdig waren, mir Ihr Halstuch zu leihen. Ich hätte den schmutzigen Lumpen in meinem Gesicht einfach nicht ertragen.“ Nach kurzem Zögern fuhr sie fort: „Ich muß Ihnen bei unserer ersten Begegnung schrecklich prüde erschienen sein. Dabei war das nur, weil ich noch nie einen Herrn mit offenem Hemd gesehen hatte.“

Der Graf lächelte.

„Sie sind noch sehr jung“, sagte er mit weicher Stimme. „Und doch steckt schon soviel Weisheit in diesem kleinen, goldenen Kopf.“

Seine Stimme wirkte wie eine einzige Liebkosung. Vera sah ihn mit großen Augen an. Dann senkte sie verlegen den Blick, drehte sich hastig um und lief davon.

Ohne langes Suchen fand sie einen Zitronenbaum. Da sie annahm, daß der Graf die Früchte lediglich für das Fischgericht wollte, hielt sie vier Stück für ausreichend.

Erdbeeren gab es keine mehr. Dieses Tal lag so geschützt, daß ihre Zeit offensichtlich vorbei war. Dafür stieß sie auf goldfarbene Orangen und Himbeeren in solcher Menge, daß sie binnen kürzester Zeit ihren Hut damit gefüllt hatte.

Dieses Tal glich einem kleinen Paradies. Hier würde ich gern für immer bleiben, dachte sie. Dann brauchte sie auch das Zusammentreffen mit ihrem künftigen Gatten nicht länger zu fürchten. Langsam und gedankenverloren wanderte sie zu dem kleinen Plateau zurück, wo der Graf in der Zwischenzeit ein Feuer entfacht hatte. Dort angekommen, fragte sie: „Haben Sie Glück gehabt?"

Er deutete auf sechs silbrige Fische, die am Ufer des Sees aufgereiht lagen. Als er die Bewunderung in ihren Augen bemerkte, sagte er schnell: „Ehrlicherweise sollte ich zugeben, daß es erstaunlich einfach war. Da so wenig Menschen hierherkommen, sind die Forellen fast zahm."

Vera legte die Früchte auf den Boden.

„Wie wollen Sie die Fische zubereiten?"

„Ich habe mir schon den Kopf zerbrochen, wie wir das als Jungens gemacht haben. Mit Ihrer Sachkenntnis über Kräuter können Sie mir vielleicht helfen. Haben Sie hier irgendwo wilden Fenchel gesehen?"

„Natürlich. Der wächst hier überall in Mengen." Sie deutete auf kleine, gelbe Blumen, die zwischen den Büschen hervorlugten.

„Dort drüben steht er. Aber ich brauche Ihr Messer, um ihn abzuschneiden. Die Stengel sind ziemlich hart."

„Ich werde die Zweige selbst abschneiden. Zeigen Sie mir nur, welche ich nehmen soll, damit ich keinen Fehler mache."

Nachdem sie einen ganzen Armvoll geholt hatten, sah Vera zu, wie der Graf die Fische darin einwickelte, so daß sie vollständig von den Blättern bedeckt waren.

„Fenchel soll den Menschen, die ihn essen, langes Leben, Stärke und Mut verleihen", sagt sie lächelnd.

„Und wie heißen die Kräuter, die Liebe erwecken?"

„Die kenne ich nicht", sagte Vera schnell.

Als er die Röte in ihren Wangen sah, meinte er: „Ich denke doch. Nennen Sie mir den Namen."

„Die Leute bei uns zu Hause glauben an Frauenschuh", erklärte sie. „Das ist eine wilde Orchideenart. Übrigens stehen alle Orchideen in dem Ruf, sich für Liebestränke zu eignen."

„Ich glaube nicht, daß wir noch einen benötigen", stellte er fest.

Vera wußte nicht, wie er das meinte, wagte aber auch nicht, ihn zu fragen.

Inzwischen hatte sich im Herzen des Feuers genügend glühende Asche gebildet. Der Graf legte einen Fisch neben den anderen hinein, und sie stritten sich ein wenig, wie lange die Fische wohl brauchten, bis sie gar waren. Als sie den ersten Fisch aus seiner Hülle packte, stellte Vera befriedigt fest, daß ihre Schätzung richtig gewesen war. Die Haut löste sich fast von selbst, und das Fleisch war weiß bis auf die Gräten.

Natürlich verbrannten sie sich sofort die Finger, als sie die Fische anfaßten.

Vor dem Essen beträufelten sie jeden Bissen mit Zitronensaft.

Nach dem Fisch servierte Vera die Orangen und die Himbeeren.

„Können Sie sich ein wohlschmeckenderes Mahl an einem schöneren Ort vorstellen?" fragte sie, als sie auch noch die Früchte gegessen hatten. Sie betrachtete ihre Finger und sagte dann: „Ich muß mich unbedingt am See waschen. Das hätte ich eigentlich schon vor dem Essen tun sollen."

Sie kniete am Ufer nieder und legte die Arme bis zu den Ellbogen ins Wasser. Es war eisig kalt und so klar, daß sie am liebsten darin gebadet hätte. Als sie sich auch Wasser ins Gesicht spritzte, fiel ihr ein, daß sie nichts zum Abtrocknen hatte.

„Würden Sie mir bitte mein Taschentuch reichen? Ich habe es in meiner Tasche gelassen", rief sie.

„Ich bringe es Ihnen gleich."

Wieder benetzte sich Vera das Gesicht. Als sie seine Schritte hörte, streckte sie die Hand aus. Ihre Augen waren geschlossen. Die Tropfen auf ihren Wangen glitzerten in der Sonne wie kleine Diamanten. Der Graf kniete neben ihr nieder und trocknete ihr Gesicht ab. Plötzlich zog er sie in seine Arme, und bevor sie recht wußte, wie ihr geschah, küßte er sie.

Im ersten Augenblick war sie vor Überraschung wie erstarrt. Als sie sich gefaßt hatte, machte sie einen leisen Versuch, ihn mit den Händen wegzuschieben. Ein heißer Strom rann durch ihren ganzen Körper. Dieses Gefühl war so wunderbar und berauschend, daß sie sich nicht zu rühren wagte. Ein Aufruhr tobte in ihrem Inneren, wie sie ihn nie für möglich gehalten hätte.

Seine Arme hielten sie so fest umschlungen, daß sie fast nicht zu atmen vermochte. Leidenschaftlich und besitzergreifend lagen seine Lippen auf den ihren. Sie schien nicht länger sie selbst, sondern ein Teil von ihm zu sein.

Ihr Herz flog ihm entgegen. Alles Schöne und Gute vereinte sich in dem Gefühl, das er in ihr erweckte.

„Ich liebe Sie", sagte er in der Landessprache.

Als er sie wieder hart und fast schmerzhaft zu küssen begann, versuchte sie, seinem fordernden Mund zu entkommen. Aber er gab sie nicht frei. Sie hatte das Gefühl, von seiner Leidenschaft in den Himmel getragen zu werden. Mit übermenschlicher Anstrengung machte sie sich aus seinen Armen los.

Wenige Schritte von ihm entfernt sank sie, am ganzen Leibe zitternd, zu Boden. Ihre Hände preßten sich gegen ihre Brust. Sie atmete schwer. Mit großen, entsetzten Augen sah sie ihn an. Ihre Lippen bebten noch von seinen Küssen.

„Wie konnten Sie so etwas tun?" fragte sie tonlos.

„Ich liebe Sie." Seine Stimme klang sehr dunkel. Seine Augen ließen sie nicht los.

„Aber das darf nicht sein", versuchte sie zu sagen.

Mit den Fingern berührte sie ihre Lippen. Wie zu sich selbst sagte sie: „Ich habe nicht gewußt, daß ein Kuß so sein kann."

„So ist er normalerweise auch nicht", sagte der Graf. „Außer wenn zwei Menschen sich wirklich lieben."

„Aber wir können nicht ... wir dürfen nicht", stammelte Vera.

„Warum nicht? Ich bin ein Mann. Und kein Mann, der seine fünf Sinne beisammen hat, könnte zwei Tage mit Ihnen verbringen, mein schöner Liebling, ohne sich in Sie zu verlieben."

„Ich verstehe das nicht", sagte sie fast rührend.

„Ist das wirklich so schwer? Sie sind das schönste Mädchen, das ich je gesehen habe, und außerdem das tapferste, süßeste und liebste. Mehr kann man doch von einer so zierlichen Person wirklich nicht verlangen."

„So dürfen Sie nicht mit mir sprechen", schluchzte Vera. „Es ist nicht recht. Sie wissen, daß es nicht richtig ist."

„Kann Liebe Unrecht sein?" fragte der Graf.

„Ich weiß nichts von der Liebe."

„Aber ich", versicherte er. „Wahre Liebe gibt es nur einmal im Leben. Eine Liebe, die alles ist, was sich ein Mann und eine Frau nur wünschen können, wonach sie suchen und von der sie träumen, daß sie ihnen eines Tages begegnen möge."

Als er sah, wie sie bebte, sagte er zärtlich: „Und genauso ist die Liebe, die ich für Sie empfinde."

„Ich darf Ihnen nicht länger zuhören", rief Vera erregt. „Ich muß sofort weg."

Trotzdem rührte sie sich nicht. Da begann der Graf von neuem: „Als Sie letzte Nacht in meinen Armen lagen, da wußte ich, daß Sie für mich alles bedeuten, was sich ein Mann von einer Frau nur wünschen kann."

„Ich hätte nichts so Ungehöriges tun dürfen", murmelte Vera. „Wenn nur die Ratten nicht gewesen wären!"

„Dann wäre es auch nicht anders gekommen. Ich glaube fest daran, daß wir füreinander bestimmt sind. Wir hätten uns gefunden, und wenn sich Himmel und Hölle gegen uns verschworen hätten."

Bei seinen Worten barg Vera ihr Gesicht in den Händen.

„Ich darf Ihnen nicht länger zuhören", sagte sie. „Wie Sie wissen, bin ich Prinz Alexander bereits vermählt."

„Einem Mann, den Sie noch nie gesehen haben."

„Darum geht es nicht", protestierte Vera. „Ich bin legal mit dem Prinzen verheiratet, und das sollten Sie respektieren. Sie hätten mich nicht küssen dürfen.

„Ich konnte gar nicht anders. Und als meine Lippen Ihren süßen Mund berührten, spürte ich, daß Sie mir entgegenkamen. Sie wünschten sich meinen Kuß genauso sehr, mein teurer Schatz, wie ich mir Ihre ganze Person wünsche. Lassen Sie doch endlich die Ausflüchte und geben Sie zu, daß Sie mich lieben."

„Das kann und darf ich nicht", rief Vera verzweifelt.

Der Graf sah sie lange nachdenklich an, bevor er sehr zärtlich sagte: „Es ist zu spät, mein liebes Herz. Ihre Lippen haben mir längst Ihre Liebe verraten."

„Nein, nein“, wehrte sich Vera.

Dabei wußte sie genau, daß der Graf die Wahrheit sprach. Sie liebte ihn, ihr Haß hatte sich über Nacht in das Gegenteil verwandelt. Zunächst hatte sie ihn schon deshalb verabscheut, weil er sich so dominierend und überwältigend männlich gebärdete. Er hatte sie aus der Fassung gebracht. Es war ihr vom ersten Augenblick an unmöglich gewesen, auch nur eine Sekunde seine Gegenwart zu vergessen. Und jetzt liebe ich ihn plötzlich, dachte sie entsetzt.

Sie erinnerte sich genau an den Zeitpunkt, als dies geschah. Es war, als sie im Gasthaus von ihm träumte und aufwachte, weil sie seinen intensiven Blick auf sich ruhen fühlte. Ihr Traum war sehr lebendig und real gewesen.

Sie fiel vom Rande der Felsklippen hinunter. Während des Sturzes war sie gelähmt vor eisigem Entsetzen. Plötzlich schoß mitten aus dem Himmel ein Adler auf sie zu. Die Schwingen des Vogels retteten sie vor dem gefürchteten Aufprall. Als sie erleichtert aufatmete, stellte sie fest, daß es der Graf war, der sich in einen Adler verwandelt hatte. In ihrem Traum hatte er ihr ein Gefühl der Sicherheit geschenkt und noch ein anderes, das sie damals nicht zu identifizieren vermochte.

Es war Liebe. Diese Liebe hatte ihr die Kraft verliehen, dem Grafen zu vertrauen, daß er sie lieber töten als den Räubern ausliefern würde. Merkwürdigerweise hatte sie nicht einmal Furcht verspürt, als sie auf den Messerstich wartete.

Hinterher hatte sie sich eingebildet, die Angst habe sie betäubt. Jetzt wußte sie, daß alles ganz anders war. Die Liebe hatte ihr die Angst vor dem Tod durch seine Hand genommen.

Wie hatte sie nur so blind sein können, nicht zu merken, daß sie sich Hals über Kopf in ihn verliebte. Sie zuckte vor Entsetzen zusammen, als sie plötzlich wieder an die Zeremonie dachte, die in London in Anwesenheit eines Standesbeamten stattgefunden hatte.

Es war in Downing Street Nr. 10. Nur ihr Vater und Lord Castlereagh waren Zeuge, als der Premierminister von Katona seinen Prinzen bei der Eheschließung vertrat.

Innerhalb weniger Minuten war sie mit einem Mann verbunden, den sie noch nie im Leben gesehen hatte. Sie war legal mit Prinz Alexander verheiratet, daran bestand kein Zweifel. Wie hätte sie damals ahnen können, daß sie sich, kaum in Katona angekommen, in den ersten Mann verliebte, der ihr dort begegnete.

Plötzlich wurde ihr bewußt, daß der Graf sie beobachtete. Ein verzehrendes Feuer brannte in seinen dunklen Augen. Verlegen wich sie seinem Blick aus und sah auf das Wasser hinaus.

Sie war wunderschön. Der Sonnenschein verwandelte ihr blondes Haar in gesponnenes Gold. Weiß und sanft gerundet hob sich ihr Nacken aus dem dünnen Musselin der Bluse.

„Sie sind bezaubernd", sagte der Graf mit heiserer Stimme. „Ich habe bisher nicht gewußt, daß es soviel Schönheit auf der Welt gibt."

Als Vera nichts sagte, sprach er weiter: „Wissen Sie, was ich jetzt am liebsten tun würde?"

Unfähig zu reden, schüttelte sie den Kopf.

„Ich möchte Sie auf meinen Armen zu einer Höhle in den Bergen tragen, wo wir ganz allein wären. Dort würde ich Sie dazu zwingen, mir Ihre Liebe zu gestehen. Ich würde Sie küssen, streicheln und vielleicht sogar quälen, bis ich endlich aus Ihrem eigenen Munde wüßte, daß Sie ganz mein sind, so wie es Ihnen von Anbeginn bestimmt war. Nicht nur Ihre sanften Lippen und Ihr wunderschöner, begehrenswerter Körper würden mir gehören. Ich würde Ihre Gefühle, Ihre Gedanken und den Atem besitzen, den Sie ausstoßen. Ich will Sie haben, Vera, ganz und für immer."

Seine Worte jagten ihr einen Schauer nach dem anderen durch den Körper. Als er sah, daß sie schneller atmete, fuhr er fort: „Sie wissen heute noch nichts von der Liebe. Dann will ich Ihnen erklären, was sie bedeutet. Ich meine damit nicht die blasse, dünnblütige, englische Art, die es vulgär findet, Gefühle zu zeigen, sondern meine Liebe und die der Männer dieses Landes. Die Liebe, die richtige Liebe, die ich für Sie empfinde, ist wie ein Waldbrand. Sie ist so allmächtig und verzehrend, daß man sie nicht unter

Kontrolle halten kann. Sie ist eine Macht, die erobert und triumphiert. Glauben Sie wirklich, daß sich eine so kleine, zierliche Person dagegen wehren kann?"

Als sie immer noch nicht antwortete, veränderte sich die Stimme des Grafen. „Die Liebe ist aber auch der Sonnenschein, das Zwitschern der Vögel, das Summen der Bienen und die blühenden Blumen zu Ihren Füßen, mein süßer Liebling. Sie ist ein Teil des Weltalls und unserer selbst. Vor ihr gibt es kein Entfliehen."

„Aber wir können nicht und dürfen nicht ..." Vera machte wieder den schüchternen Versuch, sich gegen ihn aufzulehnen, aber er ließ sie nicht zu Worte kommen.

„Wer könnte der Liebe Einhalt gebieten? Weder die Worte, die in London irgendeine Amtsperson sagte, noch die Unterschrift unter einem Stück Papier und schon gar nicht die Staatsmänner dieser Welt können uns in diesem Augenblick davon abhalten, einander zu lieben."

Sie schwieg.

„Sehen Sie mich an, Vera."

Sie zitterte, wandte aber den Kopf nicht.

„Sehen Sie mich an, Vera!" befahl er jetzt.

Sehr langsam drehte sie sich um. Ihre Augen richteten sich groß und ängstlich auf ihn. Eine ganze Weile sahen sie sich nur an. Vera fühlte sich mit unwiderstehlicher Gewalt zu ihm hingezogen. Ihr ganzes Sein strebte ihm entgegen. Sie hätte nichts lieber getan, als sich in seine starken Arme zu flüchten.

Als es fast unmöglich wurde, ihn nicht zu berühren, ihm nicht den Mund zum Kuß hinzuhalten, stieß sie einen kleinen Schrei aus und verbarg ihr Gesicht in den Händen.

„Ich will Sie haben, Vera, Sie gehören mir."

„Nein", murmelte sie zwischen ihren Fingern hindurch.

Er stand auf, ging ein paar Schritte und sah über den sonnenbeschienenen See. Dann sagte er mit merkwürdig fremder und rauher Stimme: „Habe ich Sie richtig verstanden? Bedeutet Ihnen wirklich eine Krone mehr als meine Liebe? Vera, Sie lieben mich. Und anstatt das zuzugeben, wollen Sie immer noch in Djilas Ihren Platz an der Seite des Prinzen einnehmen. Ich hoffe nur, Sie empfinden den Beifall der Menge als eine gewisse Kompensation für meine Küsse."

Sein Ton war bitter. Vera empfand ihn fast wie einen körperlichen Schlag.

„Wie können Sie das von mir glauben? Meinen Sie wirklich, das wäre für mich ein Grund, den Prinzen zu heiraten?"

„Was soll ich sonst denken?" fragte der Graf.

„Bitte lassen Sie mich Ihnen meine Motive erklären", flehte Vera.

„Was gibt es da schon groß zu erklären?" fragte er wütend. „Sie haben Ihre Entscheidung getroffen. Wie Sie mir schon bei unserer ersten Begegnung sagten, ist Ihr Platz an der Seite Ihres Gatten."

Vera erhob sich. Ihr Gesicht war sehr blaß, als sie vor ihn hintrat.

„Bitte erlauben Sie mir, daß ich Ihnen erzähle, warum ich die Werbung Prinz Alexanders überhaupt annahm", sagte sie mit fester Stimme.

„Ich bin sicher, Sie haben eine passende Erklärung bereit", erwiderte der Graf spöttisch.

„So hören Sie mich doch wenigstens an."

„Wenn es Sie befriedigt, bitte sehr", sagte er mit trotziger Miene.

„Können wir uns nicht in den Schatten setzen?" fragte Vera. „Es ist ziemlich heiß in der Sonne."

„Aber natürlich. Daran hätte ich längst denken sollen."

Sie sah ihn flehend an. Sein Gesicht zeigte harte Linien. Jetzt glich er wieder einem Adler, rucksichtslos und grausam. Sie stieß einen kleinen Seufzer aus, der fast wie ein Schluchzen klang.

Im Schatten einiger Birken ließ sich Vera ins Moos sinken. Der Graf lehnte sich gegen einen Baumstamm. Aus Furcht vor seinem verächtlichen Gesichtsausdruck wagte sie nicht ihn anzusehen. Mit leiser Stimme begann sie zu erzählen.

„Ich habe Ihnen schon mehrmals gesagt, daß ich nichts von der Liebe verstehe, und das stimmt auch. Ich war noch nie im Leben verliebt. Aber ich habe immer gehofft, eines Tages den richtigen Mann zufinden, den ich lieben könnte. Ihn wollte ich heiraten und mit ihm glücklich sein."

Sie hatte zögernd gesprochen, als ob sie nach den richtigen Worten suchen müßte. Die Kluft, die sich zwischen ihnen aufgetan hatte, schien sie zu lähmen. Er machte nicht die geringsten Anstalten, ihr entgegenzukommen und sie zu verstehen. Fast wirkte er wieder so fremd und weit entfernt wie zu dem Zeitpunkt, als sie einander kennenlernten.

„Bitte machen Sie doch kein so unversöhnliches Gesicht", bat Vera. „Es fällt mir schwer genug, zu sprechen, aber ich möchte, daß Sie alles wissen."

„Ich höre", sagte er nur.

„Wollen Sie sich nicht wenigstens setzen? Dann habe ich nicht mehr ganz so stark das Gefühl, daß Sie mich verlassen haben."

„Wie kommen Sie auf die Idee?"

„Das weiß ich auch nicht. Ich spüre es eben."

„Fühlen Sie sich unsicher und einsam?"

„Das wissen Sie doch ganz genau."

Seine Augen forschten in ihrem Gesicht. Dann setzte er sich ihr gegenüber, den Rücken gegen einen Baumstamm gelehnt. Das machte es ihr leichter weiterzusprechen.

„Ich sehnte mich von Jugend auf nach einem Menschen, den ich lieben konnte. Als Kind habe ich nicht die Zuneigung erfahren, deren ich bedurft hätte."

„Wie meinen Sie das?"

„Papa wünschte sich sehnlichst einen Sohn. Die Salfonts sind ein sehr altes Geschlecht. Schon im 13. Jahrhundert waren die Earls of Salfont bekannt. Einem unserer Ahnherren wurde nach seinem Kampf mit Marlborough der Herzogtitel verliehen. Das war nur ein weiteres Kapitel in der Geschichte der treuen Dienste, die die Salfonts der englischen Krone stets erwiesen haben."

In ihrer Stimme schwang Stolz mit.

„Wir wurden in dem Glauben erzogen, eine große Verantwortung gegenüber unserem Lande und seinem Volke zu haben."

„Ich habe von Ihrer Familie gehört", sagte er.

„Dann können Sie sicher auch verstehen, wie wichtig

für meinen Vater ein Sohn und Erbe war. Mama gebar fünf Töchter, bevor Gerald zur Welt kam. Sie hat es mir oft und oft erzählt: Ich habe gebetet, Vera, jede Nacht habe ich zum Himmel gefleht, ich möge deinem Vater den Sohn schenken, nach dem er sich so verzweifelt sehnte.

Nach Geralds Geburt sollte Mama eigentlich keine Kinder mehr haben. Aber sie und Papa wünschten sich einen zweiten Sohn, falls dem ersten etwas passierte."

Vera machte eine kleine Pause. Sie sah, daß der Graf nicht mehr ganz so verächtlich dreinblickte. Mit festerer Stimme fuhr sie fort: „Anstatt eines zweiten Jungen erblickte ich das Licht der Welt. Diesmal blieben die Ärzte fest. Jedes weitere Kind hätte meiner Mutter das Leben gekostet."

„Sie waren also ein unerwünschtes Kind", sagte der Graf.

„Meine Eltern versuchten, es mich nicht spüren zu lassen. Aber ich erfuhr bald, wie tief ich sie durch mein Erscheinen enttäuscht hatte und wie glücklich sie über einen Jungen gewesen wären. Dieses Wissen überschattete meine ganze Kindheit. Das war vielleicht auch der Grund, warum ich meine Zuflucht im Land der Phantasie suchte, wofür man mich so oft bestrafte. Ich hatte einfach Angst, mich der Wirklichkeit zu stellen."

„Wie jetzt wieder zum Beispiel", unterbrach der Graf sie mit ruhiger Stimme.

Ohne seinen Einwurf zu beachten, fuhr Vera fort: „Als Gerald bei Waterloo fiel, schämte ich mich fast, noch am Leben zu sein. Dieses Unglück würde meinem Vater den Tod bringen, dachte ich. Lange Zeit wagte keiner von uns, in seiner Gegenwart von seinem toten Sohn zu sprechen. Dann wurde er langsam wieder der alte. Aber eine tiefe Schwermut lag über ihm, die er früher nicht besessen hatte."

„Sicherlich gibt es doch einen Erben für den Herzogstitel?"

„Natürlich. Der Sohn von Vaters Bruder. Keiner von uns mochte ihn, manchmal schien Vater Rupert sogar zu hassen, was unter den gegebenen Umständen zu verstehen war."

Sie machte eine Pause, als ob sie erst nachdenken müßte.

„Sie mögen vielleicht denken, daß ich sehr lange brauche, um zum Kern der Sache zu kommen. Ich möchte aber gern, daß Sie verstehen, warum ich überhaupt nach Katona gekommen bin."

„Fahren Sie fort", sagte der Graf.

„Als mir Vater von dem Antrag des Prinzen berichtete, war ich mehr als überrascht. Ich konnte mir einfach nicht vorstellen, daß man von mir erwartete, dieses unerwartete Angebot anzunehmen. Aber ich kenne den Prinzen doch gar nicht! rief ich aus. Daraufhin erklärte mir Papa, daß königliche Hochzeiten im allgemeinen arrangiert würden. Es sei auch eigentlich gar nicht der Prinz selbst, sondern seine Regierung, die um meine Hand angehalten hätte."

„Bedeutete das einen Unterschied?"

„Für mich schon. Ich teilte meinem Vater kurz entschlossen mit, daß ich nicht daran dächte, auf Wunsch irgendeiner Regierung zu heiraten, schon gar nicht einen Mann, den ich noch nie gesehen hätte."

Im Geist sah sie sich wieder in der Bibliothek von Salfont House sitzen.

„Es tut mir leid, Papa. Der Antrag des Prinzen ehrt mich zwar, trotzdem lautet die Antwort natürlich nein."

„Was heißt ‚natürlich'?" wollte der Herzog wissen.

„Ich will nicht einen Mann heiraten, den ich nicht liebe. Du und Mama, ihr führt eine harmonische Ehe, und auch meine Schwestern sind glücklich verheiratet."

„Das ist etwas ganz anderes", sagte der Herzog.

„Inwiefern?"

„Weil du deinem Land einen großen Dienst erweisen kannst, wenn du den Prinzen nimmst."

Er war während der ganzen Unterredung im Zimmer auf und ab gegangen, jetzt blieb er vor einem Bild stehen. Es war ein Portrait seines Sohnes Gerald, gemalt, kurz nachdem er bei der Garde eintrat.

„Ich bin gewillt, eine ganze Menge für England zu tun", sagte sie nervös. „Aber ich will nicht den Rest meines Lebens in einem fremden Land mit einem Mann verbringen, den ich nicht kenne und der mich nicht kennt. Das kann kein Mensch von mir verlangen."

Nach einer langen Pause sagte ihr Vater ruhig: „Gerald hat sein Leben für England gegeben. Ich verlange von dir nicht mehr, als deinem Lande zu dienen, wie du es getan hättest, wärest du ein Junge geworden. Du kannst nicht für dein Land kämpfen wie Gerald, aber du kannst ihm dienen, wie wir das seit Jahrhunderten getan haben."

Als sie gerade den Mund öffnen wollte, um zu protestieren, erblickte sie Tränen in den Augen ihres Vaters. Der Herzog hatte nicht geweint, als er Geralds Tod erfahren hatte. Mit steinernem Gesicht wohnte er damals dem Gedenkgottesdienst für seinen Sohn bei. Er tat es auch nicht, als der Herzog von Wellington ihm persönlich von Geralds Heldenmut in der Schlacht berichtete, wie er seine Männer wieder und wieder zum Angriff gegen die Franzosen geführt hatte, bis eine Kugel ihn ins Herz traf.

„Papa weinte", erzählte Vera. „Da wußte ich, daß mir gar nichts anderes übrigblieb, als seinen Wunsch zu erfüllen und den Antrag des Prinzen anzunehmen."

Verstohlen wischte sie sich selbst eine Träne ab.

„Wie konnte ich vor meinem Vater zugeben, daß ich ein Feigling bin. Sie wissen ja selbst inzwischen, daß ich mich vor vielen Dingen fürchte. In jenem Augenblick hatte ich nur die eine Angst: ihm weh zu tun."

Sie verstummte und sah den Grafen flehend an, als dieser sagte: „Es ist für einen Mann nicht schwer, in der Hitze des Gefechtes auf dem Schlachtfeld zu sterben. Die Erregung des Kampfes treibt ihn ohne Furcht in die Arme des Todes. Was Sie tun wollen, ist etwas völlig anderes. Können Sie sich wirklich vorstellen, daß Sie Tag für Tag, Monat für Monat, Jahr für Jahr mit einem Manne zusammen leben, den Sie nicht lieben, ja, den Sie vielleicht sogar verabscheuen?"

Als der Graf sah, daß Vera verzweifelt die Hände rang, fuhr er fort: „Nur Engländer bringen es fertig, etwas so Unmenschliches und Grausames von einem sensiblen Geschöpf zu verlangen. So wie sie ihre Söhne in Internate schicken, ohne Rücksicht darauf, ob diese dort geschlagen werden oder fast verhungern."

„Lord Castlereagh hat mir versichert, der Prinz sei sehr intelligent, gebildet und von sympathischem Wesen.“

„Was haben Sie sonst noch über ihn gehört?“

Als Vera nicht antwortete, fragte er forschend: „Ich habe das Gefühl, daß Sie mehr wissen. Sagen Sie es mir.“

Zögernd begann Vera: „Ohne es zu wollen, habe ich auf dem Schiff eines Tages eine Unterhaltung zwischen dem Premierminister, dem Kapitän und dem Adjutanten belauscht.“

„Und was hatten die Herren zu sagen?“

„Der Adjutant vertrat die Meinung, ich sei zu jung und zu unerfahren, um mit den Dingen fertig zu werden, die auf mich zukommen würden.“

„Was weiter?“

Als Vera nicht gleich antwortete, bestand der Graf auf seinerFrage: „Sagen Sie mir mehr, ich will es wissen.“

„Die Herren sprachen darüber, daß der Prinz eine sehr enge Bindung zu einer bestimmten Frau habe, die sie nicht billigten.“

„Brachte Sie das nicht aus der Fassung?“

„Ein bißchen schon. Ich hatte mir nichts Derartiges vorgestellt. Das war wohl auch der Grund, warum sie mich für unerfahren hielten.“

„Als Sie nach Katona kamen, erwarteten Sie, daß der Prinz Sie empfing. Sie glaubten, Sie würden sich auf den ersten Blick ineinander verlieben und glücklich zusammen leben. War es nicht so?“

„Zumindest hoffte ich, Prinz Alexander und ich würden Freunde werden“, stammelte Vera.

„Freunde? Sie erwarten Freundschaft in einer Ehe?“

„Ich hoffte, ich könnte Seiner Königlichen Hoheit bei seiner Arbeit helfen. Deshalb habe ich während meiner langen Reise auch die Sprache studiert und mir sowohl vom Premierminister wie von seinem Adjutanten alles über Land und Leute erzählen lassen.“

„Haben Sie sich niemals direkt nach dem Prinzen erkundigt?“

„Nein.“

„Warum nicht?“

„Ich wollte nicht zu neugierig erscheinen.“

„Und doch war es das Wichtigste, was Sie wissen mußten. Statt dessen zimmerten Sie sich in Ihrer Einbildung ein Bild zusammen, wie Sie sich den Prinzen wünschten. Das aber konnte zwangsläufig nur ein Märchenprinz aus Papier sein, nicht ein wirklicher Mann aus Fleisch und Blut."

„Was sollte ich sonst tun?" fragte Vera verzagt.

„Sie könnten sich zumindest jetzt der Wirklichkeit stellen. Sie lieben mich, kleine Vera. Dornröschen ist durch einen Kuß erwacht, einen Kuß von meinen Lippen."

„Aber das ist schlecht von mir."

„So mag es Ihnen zwar erscheinen, aber was Sie tun wollen, ist viel schlimmer. Glauben Sie wirklich, Sie können diese Farce, die Ihnen Ihr Vater aufgezwungen hat, ein Leben lang durchhalten? Können Sie Ihre Rolle so gut spielen, daß Sie nicht nur ein Zerrbild der Ehefrau sind, die Sie sein sollten?"

Mit weit aufgerissenen Augen sah sie ihn an. Da fuhr er fort: „Wachen Sie auf! Sie haben inzwischen selbst erkannt, daß in Ihren Adern ein Feuer schlummert. Jetzt ist es vielleicht noch schwach, aber bald wird es ein riesiger Brand werden, dem Sie nicht entrinnen können."

Mit leidenschaftlicher Stimme beschwor er sie: „Ich will Sie die Liebe lehren, Vera, und Sie zu ihren Wundern bekehren. Sie sollen das wirkliche Leben kennenlernen. Aber dafür verlange ich von Ihnen, daß Sie mir Ihre Liebe gestehen."

„Wie kann ich das? Ich habe Ihnen doch erklärt, warum ich bereits dem Prinzen angehöre."

„Sie gehören niemand anders als mir. Glauben Sie auch nur einen Augenblick, daß Sie seine Küsse genauso heiß erwidern werden wie die meinen?"

Ein leichter Schauer lief ihr über den Rücken, aber unbarmherzig fuhr er fort: „Sie sind noch niemals richtig geküßt worden. Sie wußten nicht einmal, daß ein Kuß soviel bedeuten kann. Ich wiederhole es Ihnen lieber noch einmal. Ein Kuß ist nicht immer so, ausgenommen zwei Menschen lieben sich." Seine Stimme wurde sanfter. „Ein Kuß kann alle Wunder dieser Erde einschließen. Dann ist er die perfekte Verbindung zwischen einem Mann und einer Frau, die Gott zusammengefügt hat. Sonst ist er widerlich und abstoßend."

Vera wandte das Gesicht ab, so daß er nur noch ihr Profil sehen konnte. Ihre kleine, gerade Nase und ihre geschwungenen Lippen standen als Silhouette gegen den sonnenbeschienenen Wasserfall.

Der Graf sprach weiter: „Und dazu kommt noch, daß eine Ehe nicht nur aus Küssen besteht. Sie sind noch sehr jung und sehr unschuldig, mein liebes Herz. Wissen Sie überhaupt, was es heißt, wenn ein Mann und eine Frau sich verbinden und, wie die Kirche es ausdrückt, ‚ein Fleisch' werden?"

„Ich bin nicht sicher."

„Vielleicht können Sie sich aber vorstellen, daß es sich dabei um etwas sehr Intimes handelt. Und wiederum kann es alle Wunder und Wonnen der Welt einschließen oder etwas so Gemeines und Obszönes sein, daß Sie zu Tode erschrecken würden, kleine Nymphe."

„Auch andere Frauen haben ohne Liebe geheiratet", wandte Vera ein.

„Viele haben es getan und tun es immer noch, sogar jetzt in diesem Moment", stimmte der Graf zu. „Heiraten werden sowohl in England wie in Frankreich arrangiert und übrigens sehr oft auch in diesem Lande. Aber das geschieht gewöhnlich bei sehr jungen Mädchen, die die Liebe noch nicht erfahren haben."

Er beobachtete, wie Veras Augenlider zuckten.

„Sie wissen dann noch nicht, was sie von einer Ehe zu erwarten haben. Aber all diese Frauen, überall auf der ganzen Welt, hoffen dasselbe wie Sie – nämlich daß der Mann ihrer Träume sie mit einem Kuß erwecken möge."

Als der Graf Veras Hand nahm, schien seine Stärke auf sie überzugreifen. Dieses Gefühl war so wundervoll, daß sie unwillkürlich ihre kleinen Finger in seine große Hand schmiegte. Ihre Augen erstrahlten. Lächelnd sah er ihr ins Gesicht.

„Meine Berührung erregt Sie, mein teurer Schatz. Sie leben auf, weil ich Ihnen nahe bin und weil Sie wissen, daß ich Sie liebe, und weil Sie diese Liebe erwidern."

Er hob ihre Finger an die Lippen und küßte einen nach

dem anderen. Wieder rannen kleine, elektrische Ströme durch ihren Körper. Dann begann er von neuem: „Und wie soll es jetzt weitergehen? Wollen Sie immer noch Ihren Papierprinzen haben, oder sind Sie bereit aufzuwachen, Dornröschen, und sich dem Leben zu stellen, wie es ist? Wollen Sie leben und zugeben, daß Sie mich lieben?"

Seine verführerische Stimme war fast unwiderstehlich. Trotzdem mußte er fühlen, wie sie sich wieder in sich zurückzog.

„Wie lautet Ihre Antwort?" fragte er.

„Als der Premierminister und der Kapitän auf dem Schiff miteinander sprachen, erwähnten sie, daß eine gewisse Madame Suleika, mit der Seine Königliche Hoheit verbunden sein soll, von Grund auf böse sei. Sollte in diesem Falle nicht wenigstens ich den Versuch machen, gut zu sein?"

Der Graf gab Veras Hand frei.

„Madame Suleika ist eine schlechte Frau", sagte er. „Der Prinz hat ihr erlaubt, so viel Einfluß zu gewinnen, daß sie sich nicht scheute, eine Revolution anzuzetteln."

Veras Augen weiteten sich. „Wollen Sie damit sagen, daß sie dafür verantwortlich ist?"

„Es ist ganz allein seine Schuld. Prinz Alexander ist ein schwacher Mensch, der seine eigenen Wünsche vor das Wohlbefinden seines Landes gestellt hat. Das ist das wahre Bild des Mannes, dem Sie soviel Loyalität entgegenbringen." In barschem Ton fuhr er fort: „Dieser Mann ignorierte jahrelang die Bedürfnisse seines Volkes und verschloß seine Augen vor der Tatsache, daß diese Frau gegen ihn und seine Regierung intrigierte."

„Und was geschieht jetzt?" fragte sie.

„Wenn die Rebellen an die Macht kommen, werden die Türken Katona erobern, wobei ich nur hoffen kann, daß es nicht so weit kommt. Offen gestanden kümmert mich Politik im Augenblick nur wenig, lediglich der Teil, der Sie betrifft."

„Glauben Sie, daß Seine Königliche Hoheit sich jetzt von Madame Suleika trennen wird?"

„Wie es aussieht, dürfte ihm kaum eine andere Wahl bleiben. Wollen Sie immer noch Ihr Schicksal in seine

Hände legen, nachdem Sie jetzt die Wahrheit über ihn wissen?"

Er beobachtete ihr wechselndes Mienenspiel. „Eines müssen Sie sich immer vor Augen halten, meine kleine Göttin. Nicht der Prinz hat Sie aus Ihrem Schlummer geweckt, sondern ich. Wenn Sie das auch weit von sich weisen mögen, ich weiß, daß ich Sie nur in die Arme zu nehmen brauche und Sie werden erbeben wie vorhin. Sie werden die Welt um sich her vergessen, nur weil wir einander nahe sind."

Sie senkte den Kopf, damit er die Sehnsucht in ihren Augen nicht sehen konnte.

„Wir werden heute abend Djilas noch nicht erreichen", fuhr der Graf fort. „Ich gebe Ihnen also vierundzwanzig Stunden Zeit, um Ihre Entscheidung zu treffen."

„Meine Entscheidung?"

„Indem Sie entweder zugeben, daß Sie mir gehören, wie die Götter es bestimmt haben, oder mit Ihrer sinnlosen Selbstopferung fortfahren, zu Ihrem Papierprinzen gehen und seine Papierprinzessin werden. Natürlich steht es Ihnen frei, diesem schwachen Mann zu helfen, seine zerbröckelnde Herrschaft zu festigen und eine jubelnde Menge zufriedenzustellen. Dann aber zerstören Sie mein Leben."

Veras Kopf fuhr in die Höhe. Sie sah ihn forschend an.

„Wenn ich das sage, dann meine ich es auch", versicherte der Graf. „Wenn ich Sie nicht bekomme, wenn Sie mich wegschicken, bleibt nichts anderes von mir übrig als eine leere Muschel. Ich liebe Sie so sehr, daß ich nicht ohne Sie leben mag."

Er stand auf und half ihr auf die Füße.

„Wir reiten weiter", sagte er.

Als er ihr ängstliches, kleines weißes Gesicht sah, fuhr er fort: „Sie bedeuten für mich alle Schönheit dieser Welt. Außer Ihnen gibt es nichts, was ich mir vom Leben wünsche."

Seine Worte ließen Tränen in Veras Augen steigen. Sie lief zu ihrem Pferd und lehnte die Stirn gegen den Sattel. „Was soll ich nur tun?" flüsterte sie. „Lieber Gott, sag mir, was ich tun soll."

Als Vera den Grafen kommen hörte, drehte sie sich nicht um.

„Ich habe Ihnen Ihre Jacke und Ihren Hut gebracht", sagte er. Nur zögernd wandte sie sich um. „Schließlich will ich doch nicht Ihren pfirsichzarten Teint in Gefahr bringen." Er legte ihr einen Finger unter das Kinn und hob ihr Gesicht. Sie erwartete seinen Kuß, doch statt sie in die Arme zu nehmen, sagte er leise: „Sie sind so schön, so unglaublich schön."

Ihre Blicke trafen sich. Einen Augenblick lang bewegten sie sich nicht. Ein magischer Zauber hielt sie gefangen. Dann nahm der Graf seine Hand weg und sagte mit rauher Stimme: „Wenn Sie mich noch lange so anschauen, vergesse ich alle guten Vorsätze und trage Sie doch noch zu der einsamen Höhle. Dann gibt es keine Entscheidung mehr für Sie, so oder so."

Er hob sie in den Sattel, gab ihr die Zügel in die Hand und ordnete ihren weiten, grünen Rock, als ob sie ein Kind wäre.

„Ich werde einstweilen Ihre Jacke tragen. Wenn Sie frieren, sagen Sie mir bitte sofort Bescheid. Die Luft von den Schneebergen kann gefährlich werden, wenn man nicht daran gewöhnt ist."

Seine Besorgnis um sie und sein weicher Tonfall brachten Vera den Tränen nahe. Wenn er leidenschaftlich war, erregte er sie über alle Maßen. War er zärtlich und weich wie jetzt, hatte sie das Gefühl, das Herz müßte ihr zerspringen.

Er schwang sich auf sein Pferd, und sie ritten los. Gleich unterhalb des Plateaus stießen sie auf einen schmalen Pfad, der sich auf halber Höhe die Berge entlangzog. Es war immer noch sehr warm. Nur ab und zu spürte Vera, wie eine schwache Brise ihre Wangen umfächelte.

Ihr schwirrte der Kopf. Sie konnte an nichts anderes denken als an den Grafen und an seine Liebe. Er hatte ihr vierundzwanzig Stunden Zeit gelassen. Das Dilemma, in dem sie jetzt steckte, war schwieriger, als auf einem Seil über einen Abgrund zu balancieren.

Wie konnte sie ihn aufgeben? Wie konnte sie einen Mann verlassen, der ihr ganzes Sein in Aufruhr brachte?

Dem gegenüber standen ihre Pflicht und das Versprechen, das sie nicht nur ihrem Vater, sondern auch Lord Castlereagh und dem Premierminister von Katona gegeben hatte. Konnte sie so treulos handeln und vor ihrer Verantwortung davonlaufen? Wieder einmal vermißte sie einen Menschen, den sie um Rat fragen konnte.

Ihr Blick hing an den breiten Schultern des Grafen, der vor ihr ritt. Ab und zu wandte er den Kopf, ob sie auch folgen konnte. Dann sah sie sein lächelndes Gesicht und wußte, welch verzehrendes Feuer hinter seinen dunklen Augen verborgen lag. Konnte die Liebe einen Menschen wirklich mit solcher Übermacht überfallen?

Voller Schrecken erinnerte sie sich an das, was der Graf über Prinz Alexander und Madame Suleika gesagt hatte. Hatte dieser Mann wirklich die Frau beschützt, die danach strebte, sein Land zu zerstören, ja, die sogar eine Revolution angezettelt hatte? Also war es Madame Suleika gewesen, die ihre Rückkehr nach England wünschte. Sie steckte dahinter, als sich die Rebellen auf den Weg nach Jeno machten, um sie wieder auf ihr Schiff zu befördern oder, wenn dies nicht möglich war, sie zu töten.

Vera holte tief Atem. In diesem Lande lauerten allenthalben Gefahren auf sie. Was hatte sie nicht schon alles seit ihrer Ankunft erlebt? Das konnte man wirklich nicht alles als eine Ausgeburt ihrer Phantasie bezeichnen.

Heute ritt sie mit einem Mann durch die Gegend, den sie vor drei Tagen zum erstenmal gesehen hatte. Und diesen Mann liebte sie mit solcher Kraft, daß sie sich vom Leben nichts anderes wünschte, als in seinen Armen zu liegen. Schon allein an den Grafen zu denken, seinen Kopf von hinten zu sehen, genügte, um sie erschauern zu lassen.

Da schob sich wie ein Racheengel das Gesicht ihres Vaters dazwischen. Er sprach zu ihr von ihrer Pflicht und daß sie ihrem Lande dienen müsse. Wenn er jetzt hier wäre, gäbe es gar keine Frage, welchen Weg sie einzuschlagen hätte. Er würde ihr sagen, daß sie ihr Eheversprechen in jedem Fall zu halten habe. Und was das Schlimmste war, sie mußte es wiederholen, sobald sie in Djilas dem Prinzen in der Kathedrale angetraut würde. Vera sah sich in Gedanken in dem weißen Kleid, das ihre

Mutter so sorgsam für sie ausgesucht hatte, auf den Stufen des Altars stehen.

„In Katona werden dich herrliche Juwelen erwarten", hatte die Herzogin gesagt. „Der Premierminister hat mir erzählt, daß das Diadem, das die Prinzessin tragen soll, einer Krone gleicht. Ich hätte dir gern den Schleier mitgegeben, in dem alle deine Schwestern getraut wurden, aber in Katona existiert ein Brautschleier, den aus Tradition jede königliche Braut trägt."

Doch jetzt hatten Kleider und Juwelen jede Bedeutung für sie verloren.

Der Graf hatte sie bisher nur in zwei Kleidern zu Gesicht bekommen, dem aus Musselin, das sie bei ihrer Ankunft getragen hatte, und dem grünen Reitkostüm, das jetzt von der rauhen Behandlung der letzten Tage zerdrückt und schmutzig war. Und doch fand er sie schön.

Wie sollte sie sich entscheiden? Diese Frage ging ihr ständig durch den Kopf, während die Hufe der Pferde gleichmäßig über den schmalen Pfad klapperten.

Es war ein Machtkampf zwischen ihrem Verstand und ihrem Herzen. Folgte sie ihrem Verstand, dann hatte sie sich ehrenhaft zu benehmen und zu tun, was man von ihr erwartete. Sie war schließlich als Frau des regierenden Fürsten nach Katona gekommen. Es gab einfach keinen Ausweg für sie.

Vera dachte an den Rat, den die Mutter ihr mit auf den Weg gegeben hatte. „Liebes Kind, du wirst feststellen, daß es eine Menge Schwierigkeiten mit sich bringt, einen Ausländer zu heiraten. Kritisiere deinen Mann niemals, nicht einmal vor dir selbst. Achtung und Verständnis sind für eine zufriedenstellende Ehe unerläßlich."

Beim Gedanken an diese Worte fragte sich Vera, ob man wohl auch von ihr erwarten konnte, daß sie der Verbindung des Prinzen mit Madame Suleika Verständnis entgegenbrachte.

Sie hätte gern gewußt, ob er diese Frau genauso liebte wie sie den Grafen. Falls er das tat, mußte ihre Ehe zwangsläufig ein Mißerfolg werden.

Wenn sich jeder von ihnen ununterbrochen nach einem anderen Partner sehnte, würde es eine fast unerträgliche

Anstrengung bedeuten, der Öffentlichkeit das glückliche Paar vorzuspielen. Vera verspürte einen Stich im Herzen, als ihr wieder die Worte des Grafen einfielen: „Wissen Sie eigentlich, was es bedeutet, wenn ein Mann und eine Frau sich vereinigen?" Ihre Furcht vor dem Unbekannten steigerte sich ins Unermeßliche, als ihr die Fortsetzung dieses Satzes einfiel. „Es kann alle Wunder dieser Welt bedeuten oder etwas Obszönes und Erniedrigendes."

So und nicht anders würde es sein, wenn Prinz Alexander Madame Suleika und sie den Grafen liebte. Wie konnten sie ‚ein Fleisch' sein, wenn ihre Ehe nichts anderes war als eine politische Notwendigkeit und keiner für den anderen wirkliche Zuneigung oder Hochachtung empfand?

Warum hatte sie daran nicht gedacht, bevor sie England verließ, überlegte Vera. Die Antwort war einfach genug. Sie wußte nichts von der Liebe, und niemand hatte sie darüber aufgeklärt.

Die Pferde trabten jetzt den Kamm eines Hügels entlang. Bald würden sie den Paß erreichen, der auf die andere Seite der Berge führte, wo Djilas lag. Und dort würde der Prinz sie erwarten. Plötzlich dachte sie an ihn als einen Mann, der sie küssen würde, weil es seine Pflicht war, und dem sie Kinder schenken sollte, weil das für die Erbfolge des königlichen Hauses notwendig erschien.

Ich kann es nicht ertragen. Ich kann es nicht! Vera hätte die Worte beinahe laut geschrien. Wenn mir doch nur jemand helfen könnte, dachte sie sehnsüchtig und hätte sich am liebsten in die schützenden Arme des Grafen geflüchtet.

Gerade hielt dieser sein Pferd an und wartete auf sie. Sie beeilte sich, zu ihm zu kommen, weil sie wenigstens seine Stimme einmal hören wollte.

„Sind Sie sehr müde, mein Liebling?" fragte er.

„Ein bißchen."

„Dann werden Sie sich sicher freuen, daß wir es nicht mehr weit haben."

Seine Worte überraschten sie einigermaßen. Als sie seinem Blick folgte, sah sie nicht weit entfernt ein ganz aus weißen Steinen gebautes Haus. Es stand am Abhang und war auf drei Seiten von hohen Bäumen umgeben. Viele

Türmchen und Zinnen gaben ihm ein romantisches, fast fröhliches Aussehen.

„Wer wohnt denn dort?" fragte sie.

„Es ist eines der königlichen Jagdhäuser", erklärte der Graf. „Der Prinz und seine Höflinge pflegen dort zu übernachten, wenn sie in den Wäldern hier jagen." Als ob er ihre nächste Frage ahnte, fuhr er fort: „Djilas ist immer noch einen Dreistundenritt von hier entfernt. Die Räuber haben uns wirklich ziemlich weit von unserem ursprünglichen Weg abgebracht."

„Können wir dort übernachten?"

„Das war meine Absicht", erwiderte der Graf. „Ich erinnere mich an meinen letzten Besuch im März dieses Jahres. Damals wollte sich das alte Verwalterehepaar, das schon seit Menschengedenken hier lebt und arbeitet, gerade auf das Altenteil zurückziehen. Inzwischen dürften sie aber durch andere Diener ersetzt worden sein. Ich glaube, wir können beide ein heißes Bad und ein anständiges Essen vertragen."

„Mir haben unsere improvisierten Mahlzeiten Spaß gemacht", sagte sie.

„Mir nicht minder."

An seinem Ton erkannte sie, daß er dabei weniger an die Forellen dachte als an die Szene am Wasserfall. Sie errötete leicht. Er trieb sein Pferd an, und sie ritten den Hügel hinunter auf das Haus zu.

Beim Näherkommen erkannte Vera erst richtig, wie schön es war. Vor den blitzsauberen Fenstern befand sich eine große Terrasse mit einer steinernen Balustrade. Darunter lag ein gepflegter Garten mit einem munter plätschernden Springbrunnen.

Überall blühten gelbe und flammendrote Azaleen. Dazwischen leuchteten rosa, weiße und purpurrote Blumen, die Vera nicht kannte. Sie glaubte, ein Märchenschloß vor sich zu haben. Mit leuchtenden Augen wandte sie sich an den Grafen: „Es ist wunderschön hier. Am liebsten würde ich in einem solchen Haus für immer leben."

„Wie ich schon sagte, gehört es Seiner Königlichen Hoheit", erwiderte der Graf.

Der Gedanke machte Vera schaudern.

Die Tür befand sich auf der Rückseite. Sie ritten eine kurze Einfahrt entlang und brachten ihre Pferde vor einem starken, hölzernen Tor zum Stehen. Es war mit dem königlichen Wappen geschmückt. Vera warf nur einen kurzen, unbehaglichen Blick darauf, als der Graf bereits absaß und an einer Kette zog.

Schon nach wenigen Augenblicken erschien ein nicht mehr ganz junger Mann in Nationaltracht im Eingang. Nachdem der Graf ihr Hiersein erklärt hatte, wurde das Tor weit geöffnet. Sie ließen die Pferde stehen und traten ein.

„Ein Stallknecht wird sich sofort um die Pferde kümmern, Edler Ban", sagte der Diener, der Josef hieß.

„Sie laufen schon nicht weg. Kümmern Sie sich aber bitte darum, daß sie gut versorgt werden, sie haben uns treu gedient", sagte der Graf.

„Das soll sofort geschehen, Edler Ban."

Dann erschienen zwei Frauen, eine vermutlich die Frau des Dieners, die andere offensichtlich seine Tochter, und begrüßten die beiden Ankömmlinge mit einem tiefen Knicks.

Vera wurde in ein schönes Schlafzimmer an der Vorderseite des Hauses geführt. Während sie auf ihr Bad wartete, nahm sie den Hut ab und trat ans Fenster. Von hier aus konnte man den Garten überblicken und weit hinunter ins Tal schauen.

In unmittelbarer Nähe lag inmitten von hohen Bäumen ein kleiner idyllischer See.

Vera konnte sich nur mühsam von dem hübschen Blick losreißen. Schließlich legte sie sich doch auf das Bett. Sie war müde, andererseits aber auch sehr aufgeregt und voller Vorfreude, noch einen Abend in Gesellschaft des Grafen verbringen zu können. Sie hatte noch niemals allein mit einem Mann diniert.

In dem verwahrlosten Gasthaus waren sie zwar auch zusammen gewesen, aber das zählte nicht richtig. Heute abend sollte sie in zivilisierter Umgebung formvollendet mit ihm speisen.

Vera überlegte, ob er sie wieder küssen würde. Sie schloß die Augen und erlebte in Gedanken noch einmal die Minuten am Wasserfall, als er sie in die Arme genommen hatte und sie seine Lippen auf den ihren spürte. „Ich liebe ihn", flüsterte sie vor sich hin.

Nur widerstrebend erhob sie sich kurze Zeit später, als das Bad gerichtet war. In der Zwischenzeit hatte man im Kamin ein Feuer angezündet. Davor stand ein großer, runder, mit warmem Wasser gefüllter Zuber, daneben zwei Kannen, die eine mit heißem, die andere mit kaltem Wasser, damit sie das Bad nach ihrem Gutdünken temperieren konnte.

Die ältere Dienerin bemerkte sofort den staubigen und zerknitterten Zustand ihres Reitkleides.

„Ich werde es für Sie säubern, Mylady. Alles, was Sie auf dem Leibe tragen, bedarf einer gründlichen Reinigung. Wir wissen, daß Sie einen weiten Weg hinter sich haben."

„Einen sehr weiten", bestätigte Vera.

Es war ein unbeschreibliches Gefühl, sich in das duftende, warme Wasser sinken zu lassen. Selbst das große Handtuch, mit dem sich Vera anschließend trockenrieb, roch nach Lavendel und ließ sie an zu Hause denken.

Nach dem Bad wollte sie ihr Haar waschen. Ein Becken wurde mit warmem Wasser gefüllt, und sie spülte sich den Staub aus ihren blonden Locken.

Veras Haar brauchte ziemlich lange zum Trocknen. Erst als es weich und lockig auf ihre Schultern fiel, wurde sie sich plötzlich der Tatsache bewußt, daß sie nichts mehr zum Anziehen hatte. Die Dienerin hatte alle ihre Kleidungsstücke mitgenommen.

Sie klingelte nach dem Mädchen. „Bringen Sie mir bitte meine Sachen wieder", bat sie. Als die Kleine knicksend das Zimmer verließ, beschäftigte sie sich wieder mit ihrem Haar. Langsam fing sie an, einen gesunden Appetit zu verspüren.

Die Dienerin kehrte zurück. „Ich habe mit meiner Mutter gesprochen", sagte sie. „Sie ist wie ich der Meinung, daß Mylady unmöglich die schmutzigen Sachen wieder anziehen kann. Meine Mutter hat mit dem Edlen Ban gesprochen, er schickt Ihnen dies."

Dabei streckte sie die Arme aus, über denen zwei Kleidungsstücke hingen, ein zartes Nachthemd aus dünner, weißer Seide und eine Robe mit weiten Ärmeln, ähnlich einer Mönchskutte. Diese war aus der feinsten Wolle, die man sich nur vorstellen konnte.

Vera ließ sich von dem Mädchen helfen, das Nachthemd anzuziehen. Nachdem sie in die Wollkutte geschlüpft war, knüpfte sie eine Kordel um ihre schlanke Taille. Die Wolle war so fein gesponnen, daß das weite Gewand nicht auftrug, sondern sich sanft um ihren Körper schmiegte.

Leider waren die Gewänder viel zu lang. Zu ihrem größten Entsetzen brachte die Dienerin eine Schere zum Vorschein und kniete nieder.

„Sie können den Saum doch nicht einfach abschneiden“,

„Der Edle Ban hat das vorgeschlagen“, erwiderte das Mädchen. Nachdem der Graf es selbst gewünscht hatte, erlaubte Vera, daß so viel von dem Saum abgeschnitten wurde, daß sowohl Nachthemd wie Robe gerade bis zum Boden reichten. Da fiel ihr ein, daß sie auch keine Schuhe hatte. Barfuß die Treppe hinunterzugehen, würde sie einigermaßen in Verlegenheit setzen.

Die Lösung kam, als die ältere Dienerin ins Zimmer trat und bei Veras Anblick lächelnd ausrief: „Ich habe Ihnen ein Paar Sandalen gebracht, Mylady. Sie sind zwar nicht besonders fein, da sie meinem Jüngsten, einem Zehnjährigen, gehören, aber die kleinen Füße von Mylady dürften hineinpassen. Selbstverständlich sind sie noch nicht getragen, sonst könnte ich sie Ihnen nicht mehr anbieten.“

„Wie freundlich von Ihnen“, sagte Vera. „Ich werde sie mit dem größten Vergnügen anziehen.“ Die Sandalen hatten einen Riemen um den Fußknöchel und einen zweiten, um die Zehen festzuhalten.

Jetzt mußte Vera nur noch irgend etwas mit ihrem Haar anstellen. Während sie noch vor dem Spiegel stand und überlegte, reichte ihr das junge Mädchen ein blaues Seidenband. Sie nahm es und band damit ihr Haar einfach hinten im Nacken zusammen.

Ein wenig scheu ging sie die Treppe hinunter in die Halle. Dort sah sie sich um. Die Wände waren mit Geweihen aller Art bedeckt. Über dem Kamin hing der Kopf eines ausgestopften Bären. Als sie anschließend in den Salon trat, fand sie auch dort überall Jagdtrophäen vor.

Schon auf den ersten Blick wirkte dieser Raum mit seinem breiten Ledersofa vor dem großen, offenen Kamin wie das Zimmer eines Mannes. Vera hatte nur Augen für den Grafen, der mit dem Rücken zum Fenster stand und ihr entgegensah. Er hatte ebenfalls die Kleidung gewechselt. Zum erstenmal sah ihn Vera elegant angezogen.

Jetzt war sein weißes Halstuch genauso hoch wie das eines Londoner Dandys. Seine Abendjacke aus blauem Samt und die eng sitzenden blaßgelben Hosen entsprachen der letzten Mode. Seine ganz und gar veränderte Erscheinung machte sie ein wenig befangen.

Er kam durch das Zimmer auf sie zugeschritten und hob nacheinander ihre Hände an die Lippen. „Fühlen Sie sich jetzt wieder besser?" fragte er.

„Es geht mir großartig", antwortete sie. „Es war sehr freundlich von Ihnen, mir diese Sachen zu schicken, aber ..."

„Sie sehen wunderschön darin aus", unterbrach er sie. „Wissen Sie eigentlich, daß ich Sie noch nie mit offenen Haaren gesehen habe?" Die Bewunderung, die in seiner Stimme mitschwang, ließ sie erröten.

„Vermutlich sollte ich Sie überhaupt in einen Schrein stellen und Kerzen davor anzünden", fuhr der Graf fort.

„Sie machen mich ganz verlegen", protestierte Vera. „Ich wollte mich gerade bei Ihnen für die wunderschönen Kleider bedanken. Bedauerlicherweise hat die Schere sie verdorben."

„Da wir nicht oft weibliche Gäste im Jagdhaus haben, war es das einzige, was ich finden konnte. Aber selbst ein französischer Modeschöpfer hätte nichts entwerfen können, was Ihnen besser stünde."

Er ging zu einer Anrichte in der Ecke, schenkte zwei Gläser voll Wein und reichte ihr eines.

„Es dürfte anders schmecken als das Getränk von gestern", bemerkte er.

Vera nippte an dem goldenen, funkelnden Wein, dessen Anblick sie unwillkürlich an den Sonnenschein des Landes denken ließ.

„Das kann man wohl sagen", stimmte sie zu.

Er sah sie mit einem Ausdruck in den Augen an, der sie unruhig machte. Ein bißchen nervös sah sie sich im Zimmer um.

„Es ist sehr gemütlich hier“, sagte sie. „Aber man merkt, daß das Haus einem Junggesellen gehört.“

„Haben Sie da viele Vergleichsmöglichkeiten?“ fragte der Graf vergnügt.

„Nein, natürlich nicht. Ich stelle mir einfach vor, daß sich ein Mann sein Haus etwa so nach seinem eigenen Geschmack einrichtet.“

„Sie haben recht“, sagte er. „Ich bin schon so oft hier gewesen, aber noch nie hat mich eine Frau vom Jagdsport abgelenkt.“

„Und jetzt bin ich da. Werden Sie meinen störenden Einfluß noch spüren, wenn Sie ein andermal herkommen?“

„Sind Sie ganz sicher, daß Sie mich dann nicht begleiten?“

Sie blickte in die Flammen des Kaminfeuers. Keiner von beiden konnte auch nur einen Augenblick vergessen, welche Entscheidung sie morgen treffen sollte. Sie hing wie ein Damoklesschwert über Veras Haupt und raubte ihr jegliche Unbefangenheit. Trotzdem war sie unendlich dankbar, diesen Abend mit dem Grafen verbringen zu können.

„Erklären Sie mir, warum die Diener Sie ‚Ban‘ nennen?“ fragte sie, um das Thema zu wechseln. „Ich habe das Wort noch nie gehört.“

„Es ist ungarisch und heißt soviel wie Hoheit. Der Diener Josef und seine Frau haben im Hause eines ungarischen Edelmannes gedient, bevor sie hierherkamen. Die wichtigsten Familien in Katona stammen alle aus Ungarn.“

„Ich wollte immer schon gern einen Ungarn treffen“, sagte Vera. „Ich habe schon soviel über Land und Leute gehört.“

„Was zum Beispiel?“

„Daß sie hervorragende Reiter sind“, erwiderte Vera.

„Hat man Ihnen nichts von ihren Qualitäten als Liebhaber erzählt?“ wollte der Graf wissen.

Eine zarte Röte stieg ihr in die Wangen.

„Es gibt ein altes ungarisches Lied, das ungefähr folgendermaßen lautet: Unsere Männer sind galant, tapfer und leidenschaftlich, aber sie sind zärtlich und sanft denen gegenüber, die sie lieben."

Der Graf beobachtete ihr Mienenspiel. „Paßt eine dieser Eigenschaften auch auf mich?" fragte er zärtlich.

„Jede einzelne davon."

Der Graf stand auf. „Ich habe Ihnen schon einmal verboten, mich so anzusehen. Ich versuche mich mühsam wie ein Gentleman zu benehmen, weil Sie mir allein und schutzlos ausgeliefert sind. Aber das ist schwer genug, mein Liebling, und Sie dürfen mich nicht in Versuchung führen."

„Und wenn ich es doch tue?" fragte Vera.

„Dann haben Sie sich die Folgen selbst zuzuschreiben."

Sie spürte, daß er sich nur mit Mühe beherrschte. Wenn sie zu weit ging, würde der Damm brechen, und nichts, was immer sie tat oder sagte, konnte ihn zurückhalten. Sie sah ins Feuer, bis sich die Tür öffnete und Josef das Essen ankündigte. Der Graf trat an Veras Seite und streckte die Hand aus.

„Wir sind beide hungrig. Lassen Sie uns ein Essen genießen, das weder Sie noch ich zubereitet haben. Später können wir weiter über unsere Probleme sprechen." Er zog ihren Arm durch den seinen und führte sie ins Eßzimmer.

Die Mahlzeit war so vorzüglich, daß Vera alles aß, was man ihr vorsetzte. Dabei entschuldigte sich Josef noch für die Dürftigkeit des Mahls.

Auf eine goldfarbene Melone mit Schinken folgten Forellen, von denen Josef behauptete, sie seien erst nach ihrer Ankunft im See gefangen worden. Dann gab es in Kräutern gedämpftes Huhn, umlegt von verschiedenen herrlichen Gemüsen, von denen Vera einige noch niemals gekostet hatte. Anschließend wurde ein flammender Spieß mit Lammfleisch aus der Küche hereingetragen. Darauf folgte ein Dessert aus Pfirsichen, in Brandy gedünstet und mit Schlagsahne verziert.

„Ich kann mir nicht vorstellen, daß ich jemals wieder

Hunger habe“, sagte Vera, nachdem sie die zweite Portion Pfirsiche verzehrt hatte.

„Wir haben uns dieses Essen auch redlich verdient“, meinte der Graf und lehnte sich in seinen geschnitzten Stuhl zurück. Josef brachte eine Sèvres-Porzellanschale mit Nüssen und kandierten Früchten.

„Wissen Sie eigentlich, meine kleine Göttin, daß Sie mich noch nie beim Namen genannt haben?“ fragte er zärtlich.

„Vermutlich hatte ich Angst, ihn falsch auszusprechen. Ist er nicht eine andere Form von Nicholas?“

„So ist es. Er kommt aus dem Griechischen und bedeutet ‚Sieg des Volkes‘.“

Vera lachte. „So sollten eigentlich nur Revolutionäre heißen.“

„Was Sie betrifft, bin ich das auch“, antwortete er. „Wie Sie wohl wissen, habe ich die Absicht, Ihretwegen die bestehende Ordnung über den Haufen zu werfen.“

Sie wußte, daß er auf ihre Stellung als Frau des Regenten anspielte.

„Ich wurde in der Überzeugung geboren, daß alle Revolutionen und Revolutionäre von Übel sind.“

„Denken Sie auch von mir so?“

Sie hätte seinen Blick gern vermieden, aber irgend etwas zwang sie, ihn anzusehen.

„Antworten Sie mir“, befahl er.

„Nein“, sagte sie. „Sie bedeuten für mich alles, was gut und schön ist.“

Das entsprach der Wahrheit. Mit welchem Mann hätte sie allein sein und an seiner Seite schlafen können, ohne Angst zu haben oder in Verlegenheit zu geraten. Zum erstenmal bekam sie eine Vorstellung davon, daß es außer den bestandenen noch andere Gefahren für sie gab.

„Sie vertrauen mir also?“ fragte er.

„Das wissen Sie doch selbst.“

Er blickte sie an, daß sie glaubte, er könne ihr bis ins Herz sehen. „Ich könnte Ihnen niemals weh tun, mein liebes Herz“, sagte er langsam. „Niemals würde ich in Worten, Gedanken oder Taten irgend etwas tun, was Sie schockieren oder ängstigen könnte.“

Als sie den Blick senkte, fuhr er fort: „Aber ich werde kämpfen, schmeicheln und Sie zu verführen suchen, bis Sie mir gehören. Und dabei werde ich keine Niederlage hinnehmen, solange ich nicht vollkommen und endgültig geschlagen bin."

Mit weicher Stimme sprach er weiter: „Sagen Sie einmal meinen Namen. Ich möchte ihn gern aus Ihrem Munde hören, so weich und süß wie die Küsse, die ich Ihnen jetzt nicht geben darf."

„Miklos", flüsterte sie und hatte das Gefühl, ihn gestreichelt zu haben.

Josef trat ein und schenkte dem Grafen einen Cognac ein. Vera hatte beim Essen schon fast zuviel von dem funkelnden Wein getrunken, so daß sie jetzt ablehnte, als Josef ihr einen der süßen Liköre anbot, die in Katona gebrannt werden.

„Er würde Ihnen schmecken", sagte der Graf.

„Ich bin nicht an Alkohol gewöhnt."

„Ich würde Ihnen sowieso nicht erlauben, zuviel zu trinken", sagte er, und wieder war seine Stimme eine einzige Liebkosung.

Sie blieben noch eine Weile am Tisch sitzen. Da die Vorhänge zugezogen waren, erhellten Kerzen, die in schönen Silberleuchtern steckten, den Raum. Der Graf erhob sich, legte seinen Arm um ihre Taille und zog sie mit sich ins Wohnzimmer.

Während sie beim Essen saßen, hatte man auch hier die schweren Vorhänge zugezogen. Die Flammen züngelten um die Holzscheite im offenen Kamin. Dicke Wachskerzen brannten auch hier. Ihr Licht fiel auf die Bilder, die Geweihe und die großen Schalen mit duftenden Blumen, die überall verteilt standen.

Als Vera sich setzen wollte, hielt der Graf sie zurück.

„Ich möchte gern, daß Sie mit mir zusammen die Sonne untergehen sehen. Von der Terrasse aus hat man einen wunderbaren Ausblick. Ich habe oft genug allein dort gestanden und mir gewünscht, es möge jemand bei mir sein,

„Hegen Sie jedesmal den Wunsch, wenn Sie etwas Schönes erleben, dieses Gefühl mit einem lieben Menschen teilen zu wollen?" fragte sie.

„Immer", erwiderte er. „Nichts ist quälender als die Einsamkeit."

Sie sah ihn mit großen Augen fragend an. „Empfinden Sie das auch so?"

„Ich glaube, daß wir in vieler Beziehung gleich fühlen."

Einen Augenblick dachte sie schon, er würde sie in die Arme nehmen, aber er wandte sich abrupt ab. „Begleiten Sie mich nach draußen", bat er und hob eine der schweren Samtportieren. Dahinter führten große französische Fenster auf die Terrasse. Der Boden dort war mit viereckigen Steinen belegt. Aus den Ritzen lugten kleine blaue und weiße Blumen hervor.

Purpurrote und lila Bougainvilleenzweige rankten sich über die Balustrade. Dicht daneben blühten rosa, rot und weiß die Geranien.

Die Sonne ging eben in einem Farbenrausch hinter den Schneegipfeln unter und tauchte alles in ein rotes Licht. Vera blieb vor den Fenstern stehen.

„Wie wunderbar", rief sie aus. „Ich freue mich, dies mit Ihnen zusammen erleben zu dürfen."

„In all den vergangenen Jahren hoffte ich, eines Tages diese Minuten mit einem Menschen zu genießen, den ich liebe. Wenn ich allein hier stand, war ständig eine große Leere in mir. Immer wieder verließ ich die fröhlichen Genossen drinnen und kam auf die Terrasse. Wie amüsant die Unterhaltung auch sein mochte, es trieb mich hinaus."

„Und jetzt stehe ich neben Ihnen", sagte Vera träumerisch.

„Ich werde mich immer daran erinnern, wie Sie gerade jetzt ausgesehen haben." Seine dunklen Augen betrachteten ihr Gesicht, die geschwungene Linie ihres Mundes und die Augen, in denen sich die letzten Sonnenstrahlen widerspiegelten. Einige Sekunden hielt sie seinen Blick aus, dann senkte sie die Lider.

„Mein Herz, mein Leben, meine Seele", sagte der Graf ganz leise.

Plötzlich vernahmen sie ein Geräusch. Noch ehe sie erkennen konnten, woher es kam, schwang sich ein Mann über die Balustrade. Vera und der Graf sahen ihn überrascht an. Da schrie er mit durchdringender Stimme:

„Tod den Aristokraten!“ Als er seine Pistole auf den Grafen richtete, warf sich Vera instinktiv mit ausgebreiteten Armen dazwischen. Diese Reaktion verwirrte den Eindringling. Er zögerte einen Augenblick. Da ertönte hinter ihm ein Schuß. Mit einem Aufschrei taumelte der Mann und fiel zu Boden. Noch im Fallen berührte er mit dem Finger den Abzug. Mit einem ohrenbetäubenden Knall fuhr eine Kugel durch den weiten Ärmel von Veras Gewand und zerschmetterte eine Fensterscheibe.

Die Explosion der zwei Schüsse noch im Ohr, stand sie bewegungslos da. Der Graf hob sie hoch und trug sie auf seinen starken Armen zurück ins Zimmer. Sehr sanft legte er sie dort auf das Ledersofa. Als er das Loch in ihrem Ärmel untersuchte, stellte er zu seiner Erleichterung fest, daß sie unverletzt geblieben war. Ohne ein Wort zu sagen, verließ er sie und ging zurück auf die Terrasse.

Vera blieb ruhig liegen. Von draußen hörte sie laute Stimmen, konnte aber nicht verstehen, was gesprochen wurde.

Als Nachwirkung auf den Schock begann sie zu zittern. Sie spürte nicht mehr die Wärme des Kaminfeuers, eisige Schauer jagten ihr über den Leib.

Als sie sich klarmachte, daß sie das Leben ihres geliebten Grafen gerettet hatte, überflutete sie eine Woge der Erleichterung. Durch ihr Eingreifen hatte sie den Attentäter daran gehindert, sofort abzudrücken. Ohne diesen Moment des Zögerns wäre der Schuß von hinten zu spät gekommen, und der Graf läge jetzt sterbend auf den Steinen der Terrasse. Plötzlich wußte sie, daß damit auch ihr Leben zu Ende gewesen wäre.

Er hatte recht behalten. Die Liebe war größer und wichtiger als alles andere. Und mit einemmal wußte sie: sie würde bei ihm bleiben. Wenn sie bisher geglaubt hatte, er sei so männlich und stark, daß sie nichts für ihn tun konnte, so war ihr jetzt klar, daß sie sich geirrt hatte. Erleichtert lehnte sich sich in die seidenen Kissen zurück.

Die Stimmen draußen waren verstummt. Um das Haus herum herrschte Schweigen. Als sie sich gerade fragte, was der Graf tat und wann er wohl wieder zu ihr zurückkehrte, öffnete sich die Tür, und er trat herein.

Mitten im Zimmer blieb er stehen und sah sie unverwandt an. Sehr, sehr langsam, wie es Vera schien, näherte er sich ihr und blieb vor ihr stehen.

„Wie konnten Sie nur so etwas Törichtes tun?“ fragte er. „Wie konnten Sie Ihr Leben riskieren, um meines zu retten?“

Vera sah zu ihm auf. „Weil ich Sie über alles liebe“, sagte sie klar und deutlich.

Einen Augenblick lang glaubte er nicht recht gehört zu haben. Dann beugte er sich zu ihr herunter. „Meinen Sie das wirklich, mein teurer Schatz? Sind Sie sich Ihrer Sache auch ganz sicher?“

„Ich liebe Sie“, flüsterte Vera noch einmal.

Er fiel auf die Knie und legte seinen Kopf an ihre Brust. Mit scheuer Hand berührte sie sein Haar und fühlte, wie es weich und doch fest durch ihre Finger glitt. Ein nie zuvor gekanntes Gefühl ergriff von ihr Besitz. Dies war der Mann, dem sie gehörte und der ihre Liebe brauchte. Sie wollte für ihn sorgen, ihn vor jedem Leid beschützen und ihm helfen. Einen Augenblick lang schien er mehr ihr Kind als ihr Liebhaber zu sein.

Da hob er den Kopf. „Wollen Sie damit wirklich sagen, daß Sie mich genügend lieben, um Glanz und alles, was damit zusammenhängt, aufzugeben?“

„Ich weiß jetzt, daß ich ohne Sie nicht leben kann“, sagte Vera einfach.

Er sah sie an. „Ich schwöre bei Gott und den Menschen, daß ich mein Leben daransetzen will, Ihnen zu dienen und Sie glücklich zu machen.“

Das war ein Gelöbnis. Als ihre Lippen es besiegelten, spürte sie eine so vollkommene Hingabe, wie sie sie nie für möglich gehalten hätte.

Der Graf löste sich von ihrem Mund. Sein Gesicht zeigte tiefe Bewegung. Nicht Leidenschaft, sondern ein größeres und erhabeneres Gefühl leuchtete aus seinen Augen. Der ganze Raum schien plötzlich von strahlender Helligkeit erfüllt.

Er erhob sich von den Knien und setzte sich neben sie auf das Sofa. Behutsam löste er das blaue Seidenband, das ihre Locken zurückhielt, so daß sie nach vorn fielen. Er versteckte sein Gesicht darin, dann küßte er sie zärtlich auf den Mund.

„Ich liebe Sie“, sagte er. „Ich liebe Sie so sehr, daß ich gar keine Worte finde, um meine Gefühle zu beschreiben.“

„Und ich erwidere diese Liebe von ganzem Herzen“, sagte Vera. „Ehe Sie hereinkamen, überlegte ich mir gerade, was wir tun sollen. Wäre es nicht am besten, wenn Sie den Prinzen zuerst allein aufsuchten, um ihn zu bitten, mich freizugeben?“

„Die Revolution ist vorüber“, sagte der Graf. „Warum wollen Sie mich nicht begleiten?“

„Weil wir der Möglichkeit ins Auge sehen müssen, daß Seine Königliche Hoheit unserem Wunsch nicht entspricht. Es wäre dann zu wünschen, daß ich mich nicht in seiner Reichweite aufhalte.“

„Was wäre dann?“

Seine plötzliche Anspannung zeigte ihr, wie sehr er sich vor ihrer Antwort fürchtete.

„Dann werde ich trotzdem zu Ihnen kommen, wenn Sie wollen.“

„Ist das Ihr voller Ernst? Würden Sie das wirklich tun, mein angebeteter Engel?“

„Es ist mein innigster Wunsch“, bestätigte sie. „Weil auch ich ohne Sie, wie Sie es ausgedrückt haben, eine leere Muschel wäre. Sie haben recht gehabt. Das Schicksal hat uns füreinander bestimmt, und kein Staatsmann, wer immer es auch sei, kann uns trennen.“

„Und Sie wollen wirklich für mich alles aufgeben, was Ihnen bisher wichtig erschien? Ihre gesellschaftliche Stellung und die Hochachtung, die andere Menschen für Sie empfinden?“

„Nichts zählt wirklich außer Ihnen. Wenn der Prinz mich nicht freigibt, werde ich einfach aufhören zu existieren.“

„Ich verstehe Sie nicht.“

„Damit meine ich“, sagte Vera, und ihre Stimme klang ein wenig kläglich, „daß dann Lady Vera Cressington-Font die anstrengende Reise von Jeno nach Djilas leider nicht überstanden hat. In diesem Sinne müssen Sie auch meinem Vater schreiben. Er würde mir nie verzeihen, wenn er wüßte, daß ich mit Ihnen in Sünde lebe, wie er es bezeichnen würde.“ Nach kurzem Zögern fuhr sie tapfer fort: „Auch die Menschen in Katona sollen glauben, daß ich gestorben bin, vielleicht von der Hand der Revolutionäre. Der Todesschütze von vorhin hätte mich ja wirklich treffen können.“

„Das wäre leider nur zu leicht möglich gewesen. Übrigens war es der letzte Anarchist. Die Soldaten waren ihm den ganzen Tag auf der Spur.

„Um so leichter könnte man behaupten, daß er mich noch ermordete, bevor er starb. Wenn der Prinz mir nicht gestattet, Ihre Frau zu werden, können wir diesen Ausweg benutzen.“

Nach einer kleinen Pause fragte sie: „Wollen Sie mich überhaupt zu Ihrer Frau machen?“

„Wie können Sie noch daran zweifeln“, sagte er. „Ich habe niemals etwas aufrichtiger gemeint als meine Worte, daß ich ohne Sie kein Mensch bin. Sie halten meinen Geist, meinen Körper und meine Seele in Ihren kleinen Händen gefangen.“

„Dann müssen Sie Seine Königliche Hoheit davon zu überzeugen suchen, daß er mich freigibt. Flehen Sie ihn an, unserem Glück nicht im Wege zu stehen.“

„Aber wenn er Sie nicht gehen läßt, wenn wir uns verstecken und als gesellschaftlich Ausgestoßene leben müssen, werden Sie dann nicht nach einigen Jahren meiner müde sein?“

„Das wird niemals geschehen“, versicherte Vera. „Ich liebe Sie so sehr, daß dieses Gefühl sich höchstens noch vertiefen kann.“

Er riß sie an sich, und seine Lippen suchten ihren Mund.

Eine ganze Weile später strich der Graf Vera das Haar aus dem Gesicht zurück und gab ihr einen Kuß auf die Augen.

„Ich will Ihnen sagen, was ich jetzt tun muß, mein Liebling. Ich werde Sie verlassen.“

Sie glaubte, nicht recht gehört zu haben. „Sie gehen fort?“ Ihre Worte klangen fast wie ein Aufschrei.

„Die Soldaten dürften inzwischen den Mann beerdigt haben, der auf mich geschossen hat. Zwei von ihnen nehme ich auf meinem Weg nach Djilas mit, die anderen vier bleiben hier zu Ihrem Schutz zurück."

„Warum wollen Sie noch heute nacht fort?"

„Hauptsächlich deshalb, um so schnell wie möglich die notwendigen Vorbereitungen für unsere baldige Eheschließung zu treffen. Ich kann nicht mehr lange warten, mein teures Herz."

Er küßte sie immer wieder. Als er merkte, wie schwer sie atmete, sagte er sanft: „Mein süßes Leben, ich glaube, Dornröschen ist endgültig aufgewacht. Und es hat sich in den Prinzen verliebt, der es küßte, so wie es in Ihrer Geschichte geschah."

„Sie haben recht. Das Feuer, von dem Sie sprachen, brennt jetzt auch in mir."

„Ich weiß es. Und ich werde es weiter anfachen, bis ich am Glühen in Ihren Augen erkenne, daß es dem meinen gleicht", sagte er. Er wollte sie wieder küssen, hielt sich aber im letzten Augenblick zurück. „Das ist auch der Hauptgrund, warum ich schon heute nacht nach Djilas reite. Ich kann mir selbst nicht trauen, wenn ich in Ihrer Nähe bin."

Vera lachte voller Seligkeit.

„Was meinen Sie, wie schockiert die Leute wären, wenn sie wüßten, was wir hier treiben, ohne miteinander verheiratet zu sein."

„Ich glaube, alles, was wir seit unserer ersten Begegnung getan und erlebt haben, ist so unkonventionell, daß unsere Mitmenschen darüber entsetzt wären."

„Da haben Sie vermutlich recht. Wer hätte auch gedacht, daß ich, nachdem ich mit soviel Prunk und Förmlichkeit in England abgefahren bin, binnen weniger Tage im Jagdhaus eines Junggesellen landen würde, und das noch dazu völlig unangemessen gekleidet."

Jetzt lachte auch der Graf. „Das würde Ihnen niemand glauben, was vermutlich auch gut ist."

Vera legte die Arme um seinen Nacken. „Werden Sie auf Ihrem Ritt auch sicher sein?" fragte sie ängstlich. „Können Sie mir das versprechen? Womöglich macht jemand auf dem Weg nach Djilas wieder den Versuch, Sie umzubringen."

„Sorgen Sie sich nicht, niemand wird mir etwas tun. Die Soldaten haben berichtet, daß die Aufrührer bis zum letzten Mann vertrieben wurden. Eine ganze Anzahl von ihnen hatte das Land bereits verlassen, als ich mich nach Jeno auf den Weg machte. Übrig blieben ein paar besonders gefährliche Anarchisten, Männer, die nur um des Tötens willen töten und kein besonderes Motiv dazu brauchen. Aber auch diese hat man inzwischen gefangengenommen."

„Wie sind sie eigentlich ins Land gekommen?" fragte sie.

„Man hat sie geholt", sagte der Graf mit harter Stimme.

Vera ahnte, daß Madame Suleika für ihre Gegenwart verantwortlich war. Die Türkin erschien ihr immer verabscheuungswürdiger, je mehr sie von ihr hörte.

„Woher wissen Sie es so genau, daß keine Rebellen mehr in der Gegend sind?" fragte sie.

„Die Soldaten sind sich ihrer Sache sicher. Der Attentäter war der letzte. Er war ein wilder und gefährlicher Mann, der schon in anderen Ländern wegen seiner staatsgefährdenden Tätigkeit ausgewiesen wurde."

„Und jetzt ist er tot", sagte Vera mit einem kleinen Seufzer.

„Aber ich lebe", erwiderte der Graf zärtlich. „Und dies dank Ihrer Tapferkeit, mein wunderbarer, mutiger Liebling."

„Das war der Augenblick, in dem mir klar wurde, wie sehr ich Sie liebe", sagte sie langsam und nachdenklich. „Ich hatte mir den ganzen Tag den Kopf darüber zerbrochen, was ich tun sollte, und mir irgend jemand gewünscht, der mir helfen oder einen Rat geben konnte."

„Mir war Ihr Gewissenskonflikt sehr wohl bekannt. Aber damit mußten Sie selbst ins reine kommen. Ein Eingreifen meinerseits wäre nicht fair gewesen. Sie mußten Ihre Entscheidung ohne Beeinflussung treffen."

„Ich habe nichts dazu getan. Sie wurde für mich getroffen", sagte Vera. „Es war nur so schrecklich schwer zu wissen, was falsch und was richtig war. Erst als der Attentäter Sie bedrohte, wußte ich plötzlich, wieviel Sie mir bedeuten."

„Und jetzt sind Sie in alle Ewigkeit mein", sagte der Graf liebevoll und küßte ihre Stirn, ihre Augenbrauen und die kleine, gerade Nase. „Am liebsten würde ich die ganze Nacht hierbleiben", sagte er. „Ich würde Sie streicheln und Sie die Liebe lehren. Aber es dauert nicht mehr lange, da werde ich Sie vom Scheitel Ihres goldenen Kopfes bis zu Ihren anbetungswürdigen Fußspitzen küssen."

Er gab ihr einen Kuß auf das Ohrläppchen, bevor er fortfuhr: „Da ich Ihnen aber jetzt keinen Schock versetzen will, ist es besser, ich gehe. Es wird nicht für lange sein, das verspreche ich Ihnen."

„Ich sehne mich danach, Ihre Frau zu werden", flüsterte sie.

„Und ich Ihr Gatte."

Mit einer abrupten Bewegung erhob er sich. „Versprechen Sie mir, das Haus nicht zu verlassen, bis ich Sie hole oder nach Ihnen schicke. Natürlich dürfen Sie auf der Terrasse oder im Garten spazierengehen, dort werden die Soldaten Sie bewachen. Meiden Sie aber bitte den Wald. Ich hätte keine ruhige Minute, wenn ich Sie in Gefahr glauben müßte."

Vera hatte sich ebenfalls erhoben und stand jetzt neben ihm.

„Und was soll ich empfinden, wenn ich Angst haben muß, daß zwischen hier und Djilas hinter jedem Baum ein Mann lauern könnte, der auf Sie schießt, oder ein paar Räuber, die Sie entführen wollen?"

„Ich verspreche Ihnen, daß ich auf mich aufpassen werde", versicherte der Graf. „Ich werde mit meiner Begleitung so schnell wie möglich losreiten."

Vera lehnte ihren Kopf an seine Schulter. „Werden Sie dem Prinzen erklären, daß ich die feste Absicht hatte, mein in London abgegebenes Versprechen zu halten, selbst dann noch, als wir uns in Jeno trafen?"

„Ich werde ihm genau erzählen, was geschehen ist", versprach der Graf. „Ich kann ihm nur die Wahrheit sagen, nämlich daß ich Sie mehr als mein Leben liebe und glaube, daß wir einander vom Schicksal bestimmt sind."

„Dessen bin ich mir sicher", sagte sie mit weicher Stimme. „Aber ich habe Angst, Sie wieder zu verlieren. Wir sind zu glücklich. Hoffentlich werden die Götter nicht eifersüchtig."

Lachend hob der Graf ihr Gesicht in die Höhe. „Sie sind nicht eifersüchtig auf ihresgleichen. Schließlich sind Sie die Göttin meines Herzens. Wir werden miteinander glücklich sein."

„Hoffentlich haben Sie recht", sagte Vera mit einem kleinen Schluchzer.

Er sah sie an. Sie stand im flackernden Licht des Kaminfeuers. Die blonden Locken fielen lose auf die zarten Schultern, und die weiten, zurückfallenden Ärmel ließen ihre schmalen weißen Handgelenke noch zierlicher erscheinen. Sehnsüchtig streckte sie ihm die Arme entgegen. Ihr Gesicht war weich, die Augen groß und furchtsam.

„Wie kann ich Sie, wenn auch nur für kurze Zeit, verlassen?" fragte er heiser. „Es gibt nur einen Trost. Wenn dies hier vorüber ist, werden wir uns nie wieder trennen." Nach kurzer Pause fügte er hinzu: „Dann bleiben wir Tag und Nacht zusammen, mein süßer Liebling."

„Tag und Nacht", wiederholte sie.

Er küßte sie noch einmal leidenschaftlich. Dann machte er sich aus ihren Armen los und verließ mit schnellen Schritten den Raum. Als die Tür hinter ihm ins Schloß fiel, mußte sie sich zusammennehmen, um ihm nicht nachzulaufen und ihn zurückzurufen. Prinz Alexander sollte endlich wissen, was geschehen war. Schließlich gibt es noch andere englische Mädchen, die sicher nur zu gern herkommen, um regierende Prinzessin zu werden, dachte sie.

Wenn die Dinge nach Plan verlaufen wären und in Katona keine Revolution geherrscht hätte, als sie ankam, wäre sie zu dieser Stunde in Djilas entweder schon verheiratet oder stünde kurz davor.

Statt dessen erhob sich jetzt die Frage, ob der Prinz ihr erlauben würde, den Mann ihres Herzens zu heiraten, oder ob sie ihm ins Ungewisse folgen mußte, tot für ihre Familie und den Rest der Welt. Sie setzte sich wieder auf das Sofa und blickte in die züngelnden Flammen.

Immer noch fiel es ihr schwer zu glauben, daß dies alles Wirklichkeit war und sie nicht gleich aus einem Traum erwachen würde. Sie hatte das Gefühl, innerhalb weniger Tage erwachsener geworden zu sein. Der Kuß eines Mannes hatte sie zum Leben erweckt.

Habe ich richtig gehandelt, fragte sich Vera und wußte doch, daß sie gar nicht anders hätte handeln können, da sie zu dem Grafen gehörte, wie er zu ihr.

Nach einiger Zeit begann sie, Überlegungen anzustellen, wo sie mit ihm leben würde. Am liebsten wäre ihr ein kleines Haus wie dieses gewesen. Sie hatte nicht die leiseste Ahnung, ob er reich oder arm war, ob er zu einer bedeutenden oder zu einer völlig unbekannten Familie gehörte. Das alles spielte für sie keine Rolle.

Ihr ganzes Leben war bisher vom Einfluß der Salfonts, von ihrem Platz in der Hierarchie des Adels und dem guten Ruf, den ihre Familie am englischen Hof genoß, bestimmt worden. Sie hätte schon sehr einfältig sein müssen, um nicht zu wissen, daß jede Tür der eleganten Welt ihr offenstand. Es gab keine edle Familie in England, die sie nicht mit offenen Armen als Schwiegertochter willkommen geheißen hätte. Jeder Mann, und sei er noch so hochgeboren, hätte es sich zur Ehre angerechnet, sie zur Frau zu nehmen.

Und jetzt schlug sie das alles in den Wind, um sich einem Mann zu vermählen, von dem sie nicht das geringste wußte, außer daß er ein Graf war. Vielleicht hatte das nicht einmal besonders viel zu bedeuten. Im Ausland gab es viele Titel. Die Söhne von Grafen, mochten es auch noch so viele sein, erhielten dort automatisch den Titel ihres Vaters.

Vielleicht war ihr Graf sogar arm und sie wäre nicht länger von Bediensteten umgeben, die ihr jeden Wunsch erfüllten, noch ehe sie ihn ausgesprochen hatte. Vielleicht hatte er keine Reitpferde, Kutschen und andere Dinge, an die sie von Jugend auf gewöhnt war.

Nichts dergleichen schien ihr noch wichtig. Was zählte, war einzig und allein seine Person. Wenn er arm war, wollte sie seinen Haushalt führen und ihn von Herzen lieben. Mehr wünschte sie sich nicht vom Leben.

Wenn sie es recht überlegte, wäre ihr lieber gewesen, wenn sie vor seiner Abreise über ihre gemeinsame Zukunft gesprochen hätten, doch leider hatten sie dazu keine Zeit mehr gehabt.

Und wenn ich mit ihm in einer Höhle leben muß, dachte sie lächelnd, ich werde glücklich und zufrieden sein, wenn er bei mir ist.

Instinktiv wußte sie, daß der Graf sie nicht noch einmal sehen wollte, nachdem er sich von ihr verabschiedet hatte. Sie wollte ihm Zeit geben, abzureiten, bevor sie sich für die Nacht zurückzog. Schließlich mußte er erst die Kleidung wechseln und wieder Reithosen und Stiefel anziehen.

Es war ihm offensichtlich schwergefallen, sie zu verlassen, und auch sie hätte es vorgezogen, wenn er geblieben wäre. Trotzdem hatte er recht gehabt, sich sofort auf den Weg zu machen.

Eigentlich hat er immer recht gehabt, dachte Vera. Sie wollte ihm in Zukunft gehorchen und alles tun, was er von ihr verlangte.

Im Haus war jetzt alles ruhig geworden. Der Graf war vermutlich längst weggeritten. Sie ging in die Halle, wo sie den Diener Josef antraf. Er reichte ihr eine brennende Kerze und sagte mit einer Verbeugung: „Gute Nacht, Mylady. Hoffentlich verbringen Sie eine angenehme Nacht unter diesem Dach. Gott sei mit Ihnen."

„Danke schön, Josef."

Langsam stieg sie die Treppe zu ihrem Zimmer hinauf. Plötzlich war sie unendlich müde. Ob der Graf genauso erschöpft war wie sie? Aber schließlich war er ja ein Mann und widerstandsfähiger als sie.

Als sie in ihr Bett kletterte, kreisten ihre Gedanken immer noch um den Grafen. Im Geiste begleitete sie ihn auf seinem Ritt durch die Wälder. Doch es dauerte nicht lange, und sie verfiel in tiefen Schlaf.

Als Vera am anderen Morgen ausgeruht erwachte, sprang sie aus dem Bett, trat ans Fenster und blickte hinaus.

Die erste blasse Morgensonne glitzerte auf den schneebedeckten Berggipfeln. Der Gesang der Vögel und die bunten Schmetterlinge, die von Blüte zu Blüte flatterten, vergrößerten noch die Glückseligkeit, die sie erfüllte. Sie war noch nie im Leben so glücklich gewesen, und es fiel ihr immer schwerer, an etwas anderes zu denken als an den Mann, den sie liebte. Als die Uhr neun anzeigte, stellte sie sich vor, daß er jetzt gerade mit dem Prinzen sprach, und betete, daß alles nach Wunsch verlaufen möge.

Für sich selbst verspürte sie weder Unsicherheit noch Angst, denn sie war felsenfest davon überzeugt, daß sie die richtige Entscheidung getroffen hatte. Ihr Gewissen drängte sie nicht länger, dem Prinzen, ihrem Vater oder ihrem Land irgendwelche Opfer zu bringen. Ihre einzige Pflicht bestand jetzt darin, dem Grafen ihr Leben zu widmen.

Da Vera wußte, daß noch viele Stunden vergehen würden, ehe sie etwas von ihm hören oder er gar zu ihr zurückkehren konnte, klingelte sie nach ihren Kleidern.

Früchte aus dem Garten, Honig aus den Bienenkörben hinter dem Haus und frische Eier vom eigenen Hühnerhof bildeten ein so verlockendes Frühstück, daß Vera diese Mahlzeit von ganzem Herzen genoß.

Danach bat sie Josefs Frau, ihr zu zeigen, wie man einige der typischen Gerichte des Landes zubereitete. Wenn wir wirklich arm sind, dachte sie, kann ich ihm wenigstens das Essen kochen, an das er gewöhnt ist.

Sie stellte sich vor, wie sie morgens zum Markt ging, frischen Fisch, junges Gemüse und Obst einkaufte und so sorgsam Käse und Wurst für ihn auswählte, wie das die Hausfrauen überall auf der Welt taten.

Josefs Frau war begeistert, ihre Kochkunst unter Beweis stellen zu können.

Sie zeigte Vera zuerst das Fischgericht, das dieser in Jeno so gut geschmeckt hatte.

„Ich wollte es heute mittag auf den Tisch bringen, Mylady", sagte sie.

„Das wäre herrlich", meinte Vera.

Sie lernte, wie man die Eiersauce mit dem Zitronensaft zubereitete, die der Adjutant als ein Nationalgericht der Griechen bezeichnet hatte.

„In Katona serviert man sie zu Fleisch, Fisch oder Gemüse“, wurde sie von der Köchin belehrt.

Nichts kann zwei Frauen schneller verbinden als gemeinsames Kochen. Es dauerte nicht lange, und helles Gelächter klang aus der Küche. Vera nahm auch gleich die Gelegenheit wahr, eine weitere Lektion in der Landessprache zu nehmen, da sie inzwischen wußte, daß es sehr viele verschiedene Dialekte gab, die nicht einfach zu verstehen waren.

Der Morgen ging schneller vorbei als erwartet. Insgeheim ließ die leise Angst sie niemals los, daß die Dinge nicht nach Wunsch gehen könnten. Wenn nun der Prinz über die Abweisung beleidigt war oder die Hochzeitsvorbereitungen schon zu weit fortgeschritten waren, um rückgängig gemacht zu werden? Was geschah, wenn er sich für ihre Weigerung rächen wollte? Sie mochte sich gar nicht erst vorstellen, daß der Graf vielleicht verbannt, sein Hab und Gut verlieren oder sogar im Gefängnis landen würde. Als Vera das Gefühl hatte, daß ihre Phantasie wieder einmal mit ihr durchging, rief sie sich zur Ordnung.

Trotzdem blieb ein Rest Furcht in ihrem Herzen zurück.

Sie dachte daran, wie hart der Graf am Wasserfall von Prinz Alexander gesprochen hatte. Einen schwachen Mann, der seine eigenen Wünsche vor das Wohlbefinden seines Volkes stellte, hatte er ihn genannt.

Andererseits hatte Lord Castlereagh Seine Königliche Hoheit als höchst sympathischen, intelligenten Mann bezeichnet. Und da sie diesen für einen der klügsten Männer Englands hielt, war ihm eigentlich ein gerechtes Urteil darüber zuzutrauen.

Plötzlich fiel ihr siedend heiß etwas ein. Hatten die Herren in England etwa die Schwierigkeiten genau gekannt, die sie erwarteten? Hatte man sie vielleicht mit diesem Wissen nach Katona geschickt in der vagen Hoffnung, daß sie als Engländerin genügend Einfluß auf den Prinzen gewinnen würde, um ihn von den türkischen Intrigen zu befreien? Vielleicht war sie nichts anderes als eine Marionette in ihren Händen. Doch dann verbannte sie alle

Gedanken an diese Probleme aus ihrem Kopf und dachte voller Zärtlichkeit an den Grafen.

Inzwischen war es beinahe Mittag geworden. Vera verließ die Küche, um sich frisch zu machen, bevor sie die Mahlzeit einnahm, die sie selbst mit zubereitet hatte. Plötzlich hörte sie eine Kutsche vor das Portal rollen, vernahm Stimmen und hielt den Atem an. Konnte der Graf den Prinzen gesprochen haben und schon wieder zurück sein? Mit Mühe hielt sie sich zurück, nicht hinaus in die Halle zu laufen.

In diesem Augenblick klopfte es an der Tür, und Josef trat ein. Er trug ein silbernes Tablett in der Hand, auf dem ein Brief lag.

Vera nahm ihn entgegen und trat ans Fenster. Die Schrift verschwamm ihr fast vor den Augen, als sie las:

Mein Herz, mein Leben!

Seien Sie ganz beruhigt, alles läuft gut. Der Prinz möchte Sie selbst sprechen. Leider ist es mir nicht möglich, Sie abzuholen, wofür ich Sie um Verzeihung bitte. Wollen Sie bitte so schnell wie möglich die Kutsche besteigen und die Reise in die Hauptstadt antreten. Die Revolution ist endgültig vorbei, und in der ganzen Stadt herrscht großer Jubel. Ich freue mich auf unser Wiedersehen. Wollen Sie mir einen großen Gefallen tun? Sprechen Sie mit niemandem, bevor Sie mich gesehen haben. Beeilen Sie sich, Liebste. Jede Sekunde ohne Sie dauert eine Ewigkeit. Ich bete Sie an. Miklos.

Vera las die Zeilen zweimal durch, bevor sie zu dem wartenden Josef sagte: „Ich will so schnell wie möglich nach Djilas fahren."

„Das weiß ich bereits. Die Kutscher haben es mir mitgeteilt. Wenn Sie allerdings den Leuten eine kurze Rast erlauben, wäre das auch besser für die Pferde."

„Natürlich, das ist doch selbstverständlich", sagte Vera. Sie widerstand nur mühsam dem Impuls, auf der Stelle die Abreise zu befehlen.

Mit einigem Widerstreben folgte sie Josef ins Eßzimmer, wo er ihr die wohlverdiente Mahlzeit servierte. Sie zwang sich dazu, möglichst langsam zu essen, damit die Zeit schneller verging.

Als sie die Mahlzeit beendet hatte, lief sie nach oben, zog ihre Jacke an und setzte den Hut mit den grünen Bändern auf. Nach einem Blick in den Spiegel wünschte sie, sie hätte etwas Neues und Attraktives zum Anziehen.

Die Dienerinnen hatten das grüne Kostüm gesäubert und gebügelt und die weiße Musselinbluse gewaschen. Obwohl sie ihr ganzes Können aufgewandt hatten, war es ihnen nicht ganz gelungen, alle Falten und Flecke zu entfernen. Ein wenig bedauernd dachte sie an ihre schöne Aussteuer, die sie in Jeno zurückgelassen hatte. Sie wollte sich so schnell wie möglich darum kümmern, daß sie ihr nachgeschickt wurde.

Ungeduldig wartete sie im Wohnzimmer, bis Josef endlich meldete, daß die Kutsche zur Abfahrt bereitstünde.

Schnell bedankte sie sich noch bei seiner Frau und seiner Tochter für die ihr erwiesenen Dienste. Dann ging sie, von Josef begleitet, zur Tür.

Der Graf hatte ihr eine geschlossene leichte Kutsche mit großen Rädern geschickt, mit der man auch über unebene Straßen schnell fahren konnte. Sie wurde von vier herrlichen Pferden gezogen. Die beiden Kutscher lüfteten bei ihrem Erscheinen die Hüte, und die zwei Reitknechte salutierten.

Jetzt blieb ihr nur noch, sich bei Josef zu bedanken. Sie bedauerte, kein Geld zu besitzen, das sie ihm schenken konnte, aber das schien er gar nicht zu erwarten. Als der Kutscher Vera in den Wagen half und die Pferde anzogen, verbeugte er sich untertänigst.

Vor dem Tor schlossen sich ihnen die vier berittenen Soldaten an, die über Nacht das Haus bewacht hatten.

Der Graf hatte offensichtlich jede mögliche Vorkehrung gegen einen etwaigen Überfall getroffen. In seinem Brief hatte er ihr außerdem mitgeteilt, die Revolution sei vorüber. Da sie seinen Worten glaubte, hatte sie jetzt auch keine Angst mehr.

Nach einiger Zeit verließen sie den Weg und bogen in eine große, breite Straße ein, vermutlich diejenige, die sie hätte einschlagen müssen, wenn sie, wie erwartet, von

Baron Milovan und seiner Gesellschaft abgeholt worden wäre.

Sie lehnte sich vor und blickte aus dem Fenster. Auf beiden Seiten des Tales ragten dichtbewaldete Berge steil in die Höhe. Doch so schön die Landschaft auch war, die an den Kutschenfenstern vorbeiflog – Vera hatte kaum ein Auge dafür. Sie brannte vor Ungeduld, den Grafen wiederzusehen. Wenn sie sich auch noch so fest vorgenommen hatte, ihm in jeder Beziehung zu vertrauen, je mehr sie sich Djilas näherten, desto mehr wuchs die Angst in ihrem Herzen.

Djilas entpuppte sich als eine ziemlich große Stadt, die malerisch an einem breiten, silbernen Fluß inmitten eines fruchtbaren Tales lag. Schon aus einiger Entfernung konnte Vera die hohen Kirchtürme und die roten Ziegeldächer erkennen.

Die Kutsche fuhr bereits seit geraumer Zeit durch das grüne Tal. Auf beiden Seiten der Straße wuchsen farbenprächtige Blumen. Als sie jetzt den Stadtrand erreichten, stellte Vera fest, daß hier, genau wie in Jeno, an allen Ekken und Enden bunte Blumen wucherten. An den Häusern rankten sich Bougainvilleen und Klematis empor, und auf den Balkonen standen Blumenkästen voller Geranien. Überall wehten Fahnen im Wind, wohl als Ausdruck der Freude, von der der Graf berichtet hatte.

Vera wünschte sich, daß der Prinz bald eine Frau finden möge, die mit ihm regierte und sich um die Menschen hier kümmerte. Einen Augenblick lang dachte sie daran, daß dies eigentlich ihre Aufgabe gewesen wäre. Hoffentlich trieb sie durch ihr Verhalten den Prinzen nicht wieder Madame Suleika in die Arme.

Aber dann beruhigte sie der Gedanke, daß der Prinz sie zu seinem Wohlbefinden nicht benötigte, während der Graf ohne sie nicht leben konnte.

Als sie jetzt aus dem Kutschenfenster blickte, fiel ihr auf, daß in den Straßen nur wenige Menschen zu sehen waren.

Sie hatte immer angenommen, daß sich der Königspalast mitten in der Stadt befand. Nachdem sie einige Zeit am Ufer des Flusses entlanggefahren waren, machte die

Kutsche einen Bogen, rollte aber ständig durch Seitenstraßen. Dann kamen sie an einer hohen Mauer vorbei und hielten vor einem Tor mit dem königlichen Wappen, das nur von zwei Soldaten bewacht wurde.

Das Tor öffnete sich, und Vera erblickte grünen Rasen, funkelnde Springbrunnen und unzählige Blumenbeete. Obwohl sie nur einen kurzen Blick auf ihre Umgebung erhaschen konnte, war sie sicher, daß sie sich dem Schloß durch einen Hintereingang näherten. Endlich hielt die Kutsche.

Ein Lakai in goldbestickter Uniform öffnete die Wagentür, und Vera stieg aus. Einen Augenblick lang blieb sie stehen und sah sich aufmerksam um, da sie den Grafen zu entdecken hoffte. Doch sie wurde nur von einem Majordomus erwartet, der ihr sofort einen Brief überreichte.

Die Eingangshalle auf dieser Seite des Schlosses war klein und nicht besonders eindrucksvoll. Vera ging zum Fenster, öffnete den Brief und las:

Endlich sind Sie angekommen, Liebste, und ich warte sehnsüchtig auf den Augenblick, da wir uns wiedersehen. Aber da Sie eine Frau sind und dazu die anbetungswürdigste, die ich kenne, weiß ich, daß Sie den Wunsch hegen, sich noch schöner zu machen. Beeilen Sie sich, Liebste, ich warte auf Sie.

Miklos.

Vera faltete das Schreiben wieder zusammen und widerstand nur mit Mühe dem Impuls, das Papier an die Lippen zu führen. Nur der Graf konnte so verständnisvoll sein, ihr Zeit zu geben, sich zu erfrischen.

Er wußte, daß sie ihm so schön wie möglich entgegentreten wollte. Dazu mußte sie sich aber zuerst ihrer Reisekleidung entledigen und etwas anderes anziehen, in dem er sie bewundern konnte.

Unterwegs war sie sehr schmutzig geworden. Offensichtlich hatte es in Katona seit einiger Zeit nicht mehr geregnet. Wenn das Kutschenfenster offenstand, flog der von den Pferdehufen aufgewirbelte Staub ungehindert in die Kutsche und bedeckte alles mit einem grauen Überzug.

Der Majordomus führte Vera eine Treppe hinauf und durch einen langen Gang in ein hübsches, wenn auch nicht besonders aufwendiges Schlafzimmer. Ein Bad wartete bereits auf sie. Zwei knicksende Mägde in derselben Tracht wie die Dienerinnen im Jagdhaus standen lächelnd bereit.

Vera legte ihren Hut auf einen Tisch. Dann halfen ihr die Mädchen beim Ausziehen des Reitkostüms. Wenn sie es auch eilig hatte, den Grafen zu treffen, so wollte sie sich doch die Wohltat nicht versagen, in das duftende, warme Badewasser zu sinken und sich vom Staub der Reise zu befreien.

Erst als sie sich mit einem Handtuch mit eingesticktem königlichen Wappen abtrocknete, fragte sie sich, ob der Graf wohl daran gedacht hatte, ein Kleid für sie vorbereiten zu lassen.

Zu ihrem Erstaunen holte eines der Mädchen etwas aus dem Schrank, das ihr merkwürdig bekannt vorkam. Es war eines ihrer eigenen Kleider. Wie durch ein Wunder hatte der Graf es fertiggebracht, ihr Gepäck aus Jeno herbeischaffen zu lassen. Von ihren anderen Sachen war allerdings nichts zu sehen.

Sie fand nur das eine Kleid, frische Unterröcke und Wäsche sowie ein Paar weiße Satinschuhe und die spinnwebendünnen Seidenstrümpfe, die in der Bond Street ein Vermögen gekostet hatten.

Als Vera gerade nach ihrem restlichen Gepäck fragen wollte, fiel ihr ein, daß der Graf sie darum gebeten hatte, mit niemandem zu sprechen. Im übrigen konnte sie sich die Frage fast selbst beantworten. Sowie sie mit dem Prinzen gesprochen hatte, würden sie und der Graf zusammen fortgehen, vielleicht zu seinem Haus, wenn er in Djilas eines besaß, oder aufs Land. Es hatte also gar keinen Sinn, ihre ganzen Koffer auszupacken.

Sie amüsierte sich ein bißchen über die Wahl, die er getroffen hatte. Es handelte sich um das kostbarste Kleid, das sie mit sich führte.

Ihre Mutter hatte es gekauft, damit sie es bei einem

Staatsbankett oder dem Ball zu Ehren ihrer Vermählung tragen sollte.

Es bestand ganz aus weißer Spitze. Hunderte von kleinen Diamanten funkelten wie Tautropfen darin. Für Veras Begriffe hatte es eine geradezu astronomische Summe gekostet. Doch auf ihren Einwand, es sei viel zu kostbar für sie, hatte die Herzogin nur geantwortet: „Ich möchte nicht, daß man uns in Katona für weniger elegant als die Pariserinnen hält."

Vera gefiel das Kleid besser als jedes andere, das man für sie entworfen hatte. Wird auch Miklos mich darin schön finden, fragte sie sich, obwohl sie wußte, wie gut es ihr stand.

Eines der Mädchen frisierte jetzt mit großer Kunstfertigkeit ihr Haar nach der letzten Mode. Das andere streifte ihr das Kleid über, das ihre schlanke Taille so gut zur Geltung brachte. Schließlich zog sie noch die kleinen, weißen Satinschuhe an. Als Vera auf die Uhr am Kaminsims sah, stellte sie fest, daß es später Nachmittag geworden war. Obwohl sie sich mit ihrem Bad und dem Umziehen beeilt hatte, waren doch einige Stunden vergangen.

Sie dachte an den ungeduldig wartenden Grafen und vermochte fast nicht mehr stillzuhalten, als die Mädchen die letzten Handgriffe an ihrer Frisur und ihrem Kleid vornahmen. Endlich waren sie fertig, und Vera bedankte sich in der Landessprache bei ihnen. Als sie die Tür öffnete, fand sie draußen den Majordomus vor. Bei ihrem Erscheinen verbeugte er sich tief.

Vera mußte einen ziemlich weiten Weg zurücklegen, und der Palast erschien ihr riesengroß. Schließlich erreichten sie den Flügel, in dem offensichtlich die Staatsgemächer lagen.

Bilder und Leuchter waren von ausgesuchter Kostbarkeit. Die kunstvoll eingelegten Tische und die herrlichen Spiegel an den Wänden hätten zu jeder anderen Zeit Veras ganze Bewunderung erregt.

Endlich kamen sie zu einer breiten weißen Marmortreppe, die mit grandiosem Schwung hinunter in eine riesige Marmorhalle führte. Hier blieb der Majordomus stehen und öffnete eine Tür. Vera hielt den Atem an und sah sich rasch in dem großen Raum um. Auf der anderen Seite stand der Graf. Als sie ihn erblickte, stieß sie einen Freudenschrei aus, rannte über den weichen Teppich und warf sich in seine Arme. Sofort spürte sie wieder seine Stärke auf sich übergehen. Es war der Himmel auf Erden, ihm so nahe zu sein.

„Mein schöner Schatz, ich habe so lange auf Sie gewartet, daß es mir wie eine Ewigkeit vorkommt."

„Und ich wußte nicht, daß Pferde so langsam laufen können", murmelte Vera dicht an seinem Ohr. Dann versanken sie in einem Kuß, der sie mit unbeschreiblicher Seligkeit erfüllte.

Nach einiger Zeit hob er den Kopf und sagte mit seiner tiefen Stimme: „Kommen Sie jetzt, mein holder Liebling."

Er nahm ihre Hand, führte sie durch das Zimmer und öffnete auf der gegenüberliegenden Seite eine Tür.

„Ist alles in Ordnung?" fragte Vera erregt.

„Ja, alles, mein Leben", sagte er beruhigend und zog sie in einen großen Empfangssaal mit riesigen Kristalleuchtern. Hier standen keine Möbel. Vera hielt ihn so lange für leer, bis sie am anderen Ende, links und rechts von einer Doppeltür, zwei Lakaien entdeckte.

Jetzt werde ich gleich vor dem Prinzen stehen, dachte sie, und ihre Finger klammerten sich fester um die Hand des Grafen. Sie hätte ihm gern noch ein paar Fragen gestellt, aber vor Angst brachte sie kein Wort heraus.

Die Lakaien rissen die Türen auf, und der Graf legte den Arm um ihre Taille. Da hörte sie ein Geräusch, das wie das Rauschen des Meeres klag, so als ob schwere Wogen gegen den Strand donnerten. Einen Augenblick lang zögerte sie verwirrt, unfähig zu begreifen, was da geschah.

Sie stand nicht wie erwartet in einem Zimmer, sondern hoch oben auf einem Balkon.

Zu ihren Füßen erhoben sich Tausende von Gesichtern. Fahnen und Taschentücher wurden geschwenkt. Begeisterungsstürme drangen zu ihr hinauf.

Sie vermochte sich weder zu bewegen noch irgend etwas zu sagen. Sie konnte nur still dastehen und hinunterstarren. Da hörte sie die Stimme des Grafen neben sich.

„Lächeln Sie, Liebling, lächeln Sie. Merken Sie nicht, daß man Ihnen zujubelt?"

Mit einem Schlag wurde ihr alles klar. Sie wandte den Kopf und blickte den Grafen an. Bei der Begrüßung hatte sie nur sein Gesicht gesehen, doch jetzt entdeckte sie plötzlich, daß er eine Galauniform trug. Seine weiße Jakke hatte goldene Epauletten, und über seiner Brust lag ein blaues Ordensband.

Er lächelte ihr beruhigend zu.

„Liebste, hören Sie genau zu, was die Leute rufen. Sie nennen Sie bereits die Prinzessin der kleinen Kinder."

Die Menschen hoben ihre Kinder hoch, damit sie sie sehen konnte. Da gab es Frauen mit winzigen Babys und Männer, auf deren Schultern kleine Jungen und Mädchen saßen.

„Dies ist ein sehr kleines Land", erklärte der Prinz ruhig. „Neuigkeiten verbreiten sich schnell. Mein Volk hat Ihnen sein Herz geschenkt, so wie ich Ihnen das meine." Seine Hand faßte sie fester, als er fortfuhr: „Als wir die Räuber verließen, habe ich ihnen gesagt, wer Sie in Wirklichkeit sind. Deshalb auch der ehrerbietige Gruß zum Abschied, der Sie so überraschte."

Dabei zog er ihre Hand an seine Lippen. Die Menge brach bei dieser Geste in Begeisterungsrufe aus. Das Geschrei wurde immer lauter, schwoll zu einem Orkan an.

Mit einem letzten Winken zog der Prinz Vera in den Palast zurück. Hand in Hand durchquerten sie den großen Empfangssaal.

Wieder öffnete ein Lakai die Tür. Als sie sich hinter ihnen schloß, blieb Vera stehen, und der Prinz gab ihre Hand frei.

Leise fragte sie: „Warum haben Sie mir nicht die Wahrheit gesagt?"

„Weil ich Angst hatte."

„Sie und Angst?" fragte sie ungläubig.

Er trat vor den mit blühenden Blumen gefüllten Kamin. Dort stand er mit dem Rücken zu ihr.

„Ich muß Ihnen eine Menge erklären", sagte er. „Leider haben wir nur sehr wenig Zeit. In einigen Minuten werden wir uns zur Kathedrale begeben, ich zuerst, Sie folgen mir. Das heißt natürlich nur, wenn Sie mich immer noch heiraten wollen."

„Warum haben Sir mir nicht gesagt, wer Sie wirklich sind?"

Plötzlich wurde ihr in seiner Gegenwart unbehaglich zumute. Sie konnte es immer noch nicht ganz glauben, daß ihr geliebter Graf der Prinz selber war, den sie doch eigentlich gar nicht hatte heiraten wollen. Ihre Beine schienen sie nicht länger tragen zu wollen. Sie setzte sich auf die Kante eines kleinen Sofas.

Mit heiserer Stimme begann der Prinz zu sprechen: „Ich erklärte Ihnen doch schon, daß ich ein schwacher Mensch bin, und das entspricht leider der Wahrheit." Er wartete auf ein Wort von ihr. Als keines kam, fuhr er mit offensichtlicher Mühe fort: „Ich habe Sie übrigens nicht angelogen. Graf Czako ist einer meiner offiziellen Titel, Alexander nur der Name, unter dem ich regiere. Miklos rief mich meine Mutter als Kind."

Er reckte ein wenig die Schultern, drehte sich aber nicht nach ihr um.

„Der Tod meiner Mutter, als ich erst zehn Jahre alt war, veränderte mein ganzes Leben. Damals beschloß mein Vater, von jetzt ab meine Erziehung zu übernehmen und mich in die Person zu verwandeln, die seiner Meinung nach Katona regieren sollte.

Ohne nach Entschuldigungen zu suchen, will ich Ihnen lediglich den Hintergrund meiner Entwicklung erklären. Ohne Freunde, ohne einen einzigen Menschen, der mir nahestand, wuchs ich auf. Ich kannte nur die Leute, die mein Vater für mich ausgesucht hatte."

Als er sich jetzt umwandte, sah Vera ihn mit großen, betrübten Augen an.

„Wie Sie sich vielleicht erinnern können, sprach ich in der Höhle davon, daß es keinen Menschen gäbe, der vor nichts Angst hat. Damals wagte ich nur nicht, Ihnen meine eigene Schwäche einzugestehen. Jetzt kann ich es Ihnen ja sagen. Ich habe entsetzliche Angst vor der Einsamkeit."

„Sie als Mann?" fragte Vera.

„Ja, ich als Mann", bestätigte er. „Als Prinz bin ich natürlich ständig von Scharen von Menschen umgeben. Trotzdem fühle ich mich sehr allein."

„Das kann ich mir gut vorstellen", sagte Vera leise.

„Deshalb suchte ich nach dem Tod meines Vaters nach Menschen, die mich um meiner selbst willen lieben sollten. Als er 1816 starb, war der Krieg gerade zu Ende gegangen. Ich begab mich zuerst nach Rom, später nach Paris. Natürlich reiste ich inkognito, nur von wenigen Menschen begleitet. Als ich mich einige Zeit in Paris aufhielt, begegnete mir Madame Suleika Bamir."

Vera holte tief Atem.

„Ich gebe offen zu", fuhr der Prinz fort, „daß es in meinem Leben eine Anzahl Frauen gegeben hat. Die meisten führte mir mein Vater oder einer seiner Berater zu. Nach ihrer Meinung mußte ein Prinz sich weiblicher Gesellschaft erfreuen.

Ein- oder zweimal dachte ich sogar, ich hätte mich ernstlich verliebt. Doch jedesmal wurde mir nach kürzester Zeit klar, daß man mich zu irgend etwas benutzen wollte. Die Frauen, die mich als Liebhaber akzeptierten, waren mehr an meinem Rang als an meiner Person interessiert.

Als ich Suleika kennenlernte, glaubte ich, endlich den Menschen gefunden zu haben, der mich um meiner selbst willen liebte."

Vera hatte die Türkin schon früher gehaßt, jetzt spürte sie eine fast körperlich schmerzende Eifersucht. Eine Frage konnte sie nicht unterdrücken. „War sie sehr schön?"

„Exotisch und verführerisch, könnte man sagen. Sie war acht Jahre älter als ich, sehr elegant, eine Frau von Welt und vollkommen verschieden von allen anderen Frauen, die ich vor ihr gekannt hatte."

„Haben Sie sie geliebt?"

„Ich war besessen von ihr, verhext geradezu. Dabei bemerkte ich wieder einmal nicht, daß sie mich nur für ihre Zwecke benutzte."

„Wie haben Sie denn das herausgefunden?"

„Oh, es gab genügend Leute, die mich warnten. Als ich Suleika nach Katona brachte, protestierte binnen weniger Monate der Premierminister im Namen des Kabinetts. Bösartige Artikel und Karikaturen über sie erschienen in allen Zeitungen, aber ich wollte nicht hören."

„Das kann ich verstehen", murmelte Vera.

„Zum erstenmal war ich meiner eigenen Initiative gefolgt und wollte mich nicht einfach zwingen lassen, jemand aufzugeben, an dem mein Herz hing. Schließlich wurde die Situation zu schwierig. Ich konnte die Gefühle meines Volkes und die Warnungen meiner Minister nicht länger in den Wind schlagen. Als der Premierminister mich aufsuchte und beschwor, sie endlich aufzugeben und zu heiraten, stimmte ich zu." Nach kurzer Pause fuhr er fort: „Ich erklärte ihm aber, daß es für mich nur eine Engländerin gäbe, die ich in Erwägung ziehen könnte, und das seien Sie."

„Ich?" rief Vera überrascht aus. „Woher wußten Sie denn überhaupt von meiner Existenz?"

„Ich hatte Sie einmal gesehen", antwortete der Prinz.

„Mich gesehen? Aber wo denn?"

„Letztes Jahr war ich in England Gast des Prince of Wales. Seine Königliche Hoheit gaben einen großen Empfang. Als wir zum Dinner gingen, sah ich Sie an einem der Fenster stehen. " Mit weicher Stimme fuhr er fort: „Ich hielt Sie für das schönste Mädchen der Welt. Ich wandte mich an die Herzogin von Devonshire, die ich zu Tisch führen sollte, und fragte nach Ihrem Namen.

‚Das ist Lady Vera Cressington-Font', antwortete sie. ‚Ich werde sie Eurer Königlichen Hoheit nach dem Essen vorstellen.' Leider konnten wir Sie da nicht wiederfinden."

„Ich erinnere mich wohl an diesen Ball. Ich verließ ihn frühzeitig, weil es so schrecklich heiß war."

„Am nächsten Morgen fuhr ich nach Paris zurück. Aber ich konnte Ihren Liebreiz und Ihre Schönheit nicht vergessen. Als mich daher der Premierminister drängte, der Tradition unseres Hauses entsprechend eine Engländerin zu heiraten, wies ich ihn an, nach England zu fahren und um Ihre Hand anzuhalten."

„Das hat er mir nie erzählt", sagte Vera.

„Er konnte es nicht, weil er nichts davon wußte. Ich mochte nicht darüber sprechen."

„Und als ich dann wirklich eintraf, wollten Sie mich sofort wieder nach Hause schicken. Wie reimt sich das zusammen?“ fragte Vera.

„In dem Augenblick, als sich der Premierminister auf Brautfahrt nach England begab, traten Madame Suleika und ihre Freunde auf den Plan. Sie taten ihr Bestes, mich davon zu überzeugen, daß ich ein Narr sei, mir meine Frau von dort zu holen. Die Engländer wären kalt und ihre Frauen zu keiner Leidenschaft fähig, redeten sie mir ein. Sie machten mir klar, daß Sie Land und Leute niemals verstehen, ja vermutlich nicht einmal den Versuch dazu machen würden.“

„Und das haben Sie geglaubt?“ fragte Vera.

„Ich sagte Ihnen doch schon, daß ich ein schwacher Mensch bin. Madame Suleika und ihre Freunde vermochten mich zu überzeugen.“

„Und darum wollten Sie mich sofort wieder nach Hause schicken?“

„Ja. Ich wußte ja zu diesem Zeitpunkt noch nicht, daß der Premierminister in eine Heirat in Vertretung eingewilligt hatte.“

„Mir ist niemals der Gedanke gekommen, dies könnte nicht Ihren Wünschen entsprechen“, sagte Vera.

„Das Wissen darum hätte für die Rebellen einen ganz schönen Schock bedeutet. Sie zettelten die Revolution ja nur an, um diese Heirat um jeden Preis zu verhindern. Bei einem etwaigen Erfolg hätte ich das Land verlassen müssen, und die türkische Regierung, der Madame Suleika nahestand, hätte endlich einen Vorwand gehabt, in Katona einzumarschieren. Mir wäre nichts anderes übriggeblieben, als meinen Thron aufzugeben oder als Marionette der Türken weiterzuregieren.“

„War das Madame Suleikas Absicht? Wollte sie das erreichen?“

„Sie befürchtete, daß bei einer Heirat ihr Einfluß auf mich schwinden könnte. Es war fast zu spät, sozusagen die elfte Stunde, als mir aufging, was ich getan hatte.

Um ein Haar hätte ich meinen ganzen Staat aufs Spiel gesetzt.

Da rief ich meine Soldaten zusammen. Madame Suleika

und ihre Anhänger wurden mit Waffengewalt über die Grenze gebracht und ins Exil geschickt."

„Wird sie jemals zurückkehren?"

„Niemals. Ich hoffe, daß ich nach und nach den angerichteten Schaden wiedergutmachen kann. Die Revolution war fast schon zu Ende, als ich erfuhr, daß eine Bande von Aufrührern mit der Anweisung nach Jeno unterwegs war, den Premierminister umzubringen, den sie schon immer als ihren Feind betrachtet hatte. Bei dieser Gelegenheit wollte man sich auch gleich Ihrer Person entledigen."

„Wollten die Rebellen mich umbringen?" fragte sie.

„Solange das Schiff im Hafen lag, vermutlich nicht. Hätte man Sie aber allein vorgefunden, wäre sicherlich Ihr Schicksal besiegelt gewesen."

„Also haben Sie mich gerettet."

„Ich schickte alle Soldaten, die ich auftreiben konnte, hinter der Bande her. Aber ich hatte mich im Tag Ihrer Ankunft geirrt. Mir wurde plötzlich klar, daß Sie und Ihre Begleiter schutzlos in Jeno warten mußten. Also warf ich mich auf ein Pferd, hetzte über die Berge und begegnete Ihnen wieder."

„Aber Sie wollten immer noch nicht, daß ich blieb."

„Sie waren schön, viel schöner, als ich Sie in Erinnerung hatte. Doch das Gift war tief eingedrungen. Ich sagte mir, wenn ich schon heiraten müßte, sollte ich besser eine Griechin oder ein Mädchen meines Landes wählen."

„Und deshalb versuchten Sie mich zur Rückkehr zu bewegen."

„Ich war der festen Überzeugung, daß Sie beim ersten Anzeichen von Schwierigkeiten von selbst einwilligen würden. Wie konnte ich ahnen, daß Sie so unglaublich tapfer sind."

„Wann haben Sie Ihre Meinung geändert?"

„Als Sie über die Felsen ritten und vorgaben, Sie seien nach der langen Seereise noch nicht wieder im Gleichgewicht, erkannte ich, wieviel Charakterstärke Sie besitzen. Und dann waren Sie freundlich und nett zu der schmutzigen Wirtin im Gasthaus in den Bergen. Ich aß die Mahlzeit, die Sie zubereitet hatten, nachdem Sie mühsam zuerst die Pfanne auskratzen mußten. Langsam wurde mir klar, daß Sie nicht nur schön sind, sondern alle Eigenschaften haben, die sich ein Mann von einer Frau nur wünschen kann.

Schließlich waren Sie sogar bereit, den Tod aus meiner Hand entgegenzunehmen. Einen solchen Mut hätte ich bei einer Frau niemals für möglich gehalten. Als Sie später in meinen Armen schliefen, liebte ich Sie bereits von ganzem Herzen.

Ich wußte aber gleichzeitig, daß ich Sie nicht verdiente. Am nächsten Tag am Wasserfall warnte ich Sie, daß ich nur ein schwacher Mensch, sozusagen ein Papierprinz sei.

Ich benahm mich wie ein Feigling, aber ich wagte einfach nicht, Ihnen die Wahrheit zu sagen. Ich wollte das Risiko, Sie zu verlieren, nicht eingehen, bevor ich nicht ganz sicher war, daß auch Sie mich liebten.

Vielleicht verachten Sie mich jetzt, wie sollte es auch anders sein? Wollen Sie es trotzdem mit mir versuchen? Ich schwöre Ihnen, daß ich ein Leben ohne Sie nicht ertragen kann."

Vera war sehr ruhig. Sie stand auf, trat an seine Seite und holte tief Atem. Jetzt mußte sie die richtigen Worte finden.

„Ich weiß wirklich nicht, wovon Sie sprechen", sagte sie. „Miklos, der Mann, den ich liebe, ist ein sehr tapferer Mann. Er war nicht nur bereit, selbst zu sterben, sondern brachte sogar den Mut auf, lieber mich zu töten, als mich der Gnade der Räuber zu übeı lassen. Er ist, wie es in dem ungarischen Lied heißt, galant und leidenschaftlich. Und mir gegenüber war er in allem, was er sagte und tat, sanft, zärtlich und edel."

Sie reichte ihm ihre Hand, die er so heftig preßte, daß sie weiß wurde.

„Er ist so wunderbar, daß es nichts gibt, was er nicht vollbringen könnte. Wenn er nur wollte, könnte er vermutlich die Welt für mich erobern."

Der Prinz wandte sich ihr zu. „Wissen Sie auch, was Sie da sagen?" fragte er. „Meinen Sie Ihre Worte wirklich ehrlich?"

„Ich liebe dich", sagte Vera zärtlich. „Was dein Volk sich

jetzt wünscht, sind Frieden und Glück. Sollen wir ihm nicht zeigen, daß wir glücklich sind?“

Da riß der Prinz Vera in die Arme, hielt sie fest umschlungen und sagte mit so bewegter Stimme, daß sie sie fast nicht als die seine erkannte: „Du glaubst also an mich? Ich schwöre dir, daß ich dich nie enttäuschen werde.“

Vera kamen die Tränen. Sie wischte sie vorsichtig mit den Fingerspitzen ab und sagte: „Und doch gibt es etwas, das ich zutiefst bedauere.“

„Was ist das?“

„Daß ich die Höhle in den Bergen jetzt nicht kennenlerne, wo wir allein sein wollten. Ich hätte sie gern zusammen mit dir aufgesucht.“

Er nahm sie fester in die Arme. „Nach der Trauung findet ein Bankett statt. Heute nacht müssen wir also wohl oder übel im Palast bleiben. Aber morgen werden wir auf Hochzeitsreise gehen. Wenn auch vielleicht nicht gerade in eine Höhle, so doch an einen anderen Ort, wo wir allein sein können.

Ich habe eine Villa am Meer. Dort werden wir zwar auch bewacht, schon weil ich dein kostbares Leben niemals mehr einer Gefahr aussetzen will, aber wir werden diese Bewacher nicht zu Gesicht bekommen. Und dort werde ich mein erwachtes Dornröschen die Liebe lehren.“

Er neigte den Kopf und sagte ganz dicht an ihrem Ohr: „Hast du vergessen, daß ich die kleine Flamme anfachen muß, bis ein alles verzehrendes Feuer daraus wird?“

Veras Lippen berührten fast seinen Mund: „Es brennt doch schon, mein lieber, liebster Miklos.“

Dann hielt sein Mund sie gefangen, bis es an die Tür klopfte.

Dieses Zeichen sollte sie daran erinnern, daß das Volk von Katona auf seinen Prinzen und seine Prinzessin wartete.

ENDE

ROMAN

Ein Paradies der guten Laune vermittelt vom Weltmeister des Humors: E. Kishon.
2164 DM 6,80/öS 55,–

Über ihr Leben frei bestimmen will sie, damit sie auch in der Liebe treu sein kann.
2115 DM 6,80/öS 55,–

Kinder sind ein Segen, aber gleich fünf von ihnen schaffen Probleme. Die lustigen Erlebnisse einer großen Familie.
2257 DM 5,80/öS 45,–

Das Schicksal einer Wiener Familie in den letzten 50 Jahren: turbulent, unterhaltsam und augenzwinkernd.
2253 DM 6,80/öS 55,–

Marlis Straub
Himmelbetten sehr gefragt
2221 DM 5,80/öS 45,–

Marlis Straub
Wer nie in fremden Betten lag
2141 DM 6,80/öS 55,–

Henry Jaeger
Onkel Kalibans Erben
2120 DM 6,80/öS 55,–

Judith Richards
Auch kleine Bäume wachsen in den Himmel
2215 DM 6,80/öS 55,–

Anja Lundholm
Halb und Halb
2155 DM 7,80/öS 65,–

Pearl S. Buck
Letzte große Liebe
2103 DM 6,80/öS 55,–

Annie France-Harrar
Und eine Tages
2139 DM 8,80/öS 75,–

Annie France-Harrar
Frag nicht, woher die Liebe kommt
2197 DM 7,80/öS 65,–

Milo Dor
Alle meine Brüder
2144 DM 7,80/öS 65,–

Wälder und Seen umgeben das ostpreußische Dorf, in dem die Jeromins leben. Es ist eine harte Existenz, die ihnen beschieden ist.
2223 DM 14,80/öS 120,–
3 Bände im Schuber

Zehn Jahre lang hat er in Südamerika gelebt, doch nun besucht Wolf seine Heimatstadt Riechenberg, um seine Eltern wiederzusehen.
2211 DM 5,80/öS 45,–

Die Idylle des ländlichen Lebens in Ostpreußen wird zerstört, als ein Wanderprediger die Ehe des Fährmanns mit einem Fluch belegt.
2229 DM 5,80/öS 45,–

Er hat es satt, das Leben in der Stadt, zumal er aus dem Krieg zurückgekehrt ist und sich nach Geborgenheit sehnt.
2205 DM 6,80/öS 55,–

Nach zwanzig Jahren Krieg und Gefangenschaft kehrt Michael Fahrenholz in sein Heimatdorf zurück und liest seinen Namen auf dem Gefallenendenkmal.
2217 DM 5,80/öS 45,–

Drei adlige Brüder haben während des letzten Krieges Schuld auf sich geladen und versuchen sie danach zu sühnen, jeder auf seine Weise.
2235 DM 6,80/öS 55,–